Les termes suivis d'un astérisque sont expliqués dans les lexiques pages 181 à 184.

Qui sont les personnages ?

Les personnages principaux

PERCEVAL

Jeune Gallois, il apparaît d'abord comme un paysan naïf, mais il devient par la suite le meilleur des chevaliers. Après avoir reçu une initiation guerrière, amoureuse et spirituelle il parvient à surpasser les chevaliers les plus valeureux et réussit à sauver le château du Graal

LE ROI ARTHUR

Souverain du royaume de Logres, il accueille en sa cour tous les chevaliers vaincus par Perceval. Admiratif des prouesses de ce dernier, Arthur part à sa recherche : il souhaite en effet le compter parmi ses chevaliers de la Table ronde.

Les personnages secondaires

LES ADVERSAIRES DE PERCEVAL

Clamadeu des Îles est le sénéchal qui a assiégé et réduit à la pauvreté le château de Beaurepaire. **L'Orgueilleux de la Lande** est le mari de la jeune fille à laquelle Perceval, encore ignorant des usages, a volé un anneau et des pâtés. Pour punir son épouse, qu'il croit infidèle, l'Orgueilleux a imposé à sa femme un châtiment. **Partinal de la Vermeille Tour** cherche à venger son frère, le chevalier Vermeil, tué par Perceval.

BLANCHEFLEUR

La dame de Beaurepaire initie Perceval à l'amour. Celui-ci délivre son château de l'effroyable Clamadeu des Îles et devient son époux après avoir sauvé le château du Graal.

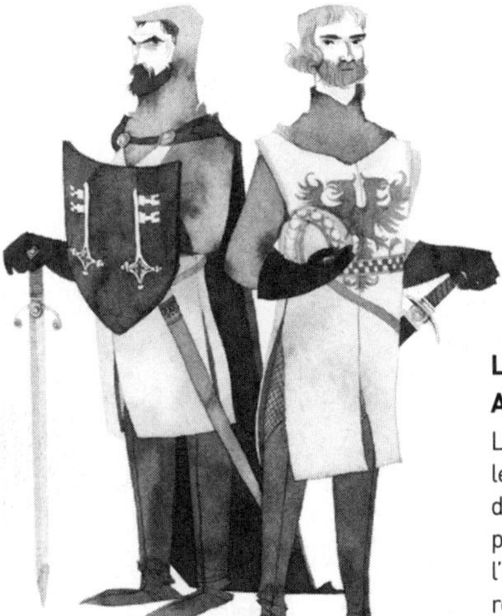

LES CHEVALIERS DE LA COUR DU ROI ARTHUR

Le neveu du roi Arthur, **Gauvain**, incarne le parfait chevalier courtois. Il vole au secours des plus démunis et parvient à percer une partie du mystère du Graal. Par opposition, l'antipathique **sénéchal Keu** est plusieurs fois réprimandé par le roi pour avoir fait fuir de sa cour Perceval.

LES INITIATEURS

L'oncle maternel de Perceval, **l'ermite**, initie le jeune homme à la foi chrétienne. Et **Gornemant**, l'oncle de Blanchefleur, l'initie à la chevalerie.

LE ROI PÊCHEUR

Il accueille Perceval et Gauvain dans son château : ils y sont témoins d'une étrange procession.

Quelle est l'histoire ?

Les circonstances L'histoire débute au printemps : Perceval, un jeune Gallois tenu à l'écart du monde par sa mère, rencontre pour la première fois des chevaliers. Ébloui, il cherche à savoir comment leur ressembler. Malgré les recommandations de sa mère, Perceval rejoint la cour du roi Arthur pour être fait chevalier. Débute alors un récit initiatique où le jeune Gallois est confronté à de multiples péripéties.

L'action

Après avoir obtenu à la cour du roi Arthur les armes du chevalier Vermeil, Perceval est initié à la chevalerie par Gornemant et à l'amour par la dame du château de Beaurepaire, Blanchefleur.

Perceval sauve Beaurepaire de la menace de Clamadeu des îles, puis il rejoint le château du Roi Pêcheur. Il assist à une étrange procession mais n'ose poser aucune question, conformément à ce que lı a appris Gornemant.

Combat de chevaliers, enluminure du XIVe siècle extraite de l'*Histoire de Merlin* de Robert de Boron. BNF, Paris.

Le but

Ce récit initiatique présente l'avènement et la consécration d'un chevalier au courage exemplaire. Il témoigne de la fascination que suscitait l'image du chevalier au XIIe siècle. Mais c'est aussi, et surtout, le récit qui donne naissance au mythe du Graal.

Après avoir combattu l'Orgueilleux de la Lande, Perceval retrouve la cour du roi Arthur. La Demoiselle Hideuse l'accuse de ne pas avoir posé de questions au sujet de la procession. Perceval repart donc en quête du château mystérieux.

Gauvain vient au secours de la Demoiselle aux Petites Manches et rejoint le château du Graal où il délivre les habitants de la Terre Gaste sans pour autant sauver le Roi Pêcheur, ce qui deviendra le principal objectif de Perceval

Qui est l'auteur ?

Chrétien de Troyes

● UN CLERC AU SERVICE DES GRANDS

Chrétien de Troyes naît vers 1130, probablement à Troyes, en Champagne. Chrétien est un clerc*, c'est-à-dire un homme instruit sachant lire et écrire, au service des comtes et comtesses, comme Philippe d'Alsace ou Marie de Champagne. Il écrit plusieurs romans entre 1160 et 1191, dont *Lancelot ou le Chevalier de la charrette*, *Yvain ou le Chevalier au lion*, et *Perceval ou le Conte du Graal*, resté inachevé. Il meurt entre 1183 et 1191.

● L'INVENTEUR DU ROMAN ARTHURIEN

Chrétien est l'auteur des premiers romans arthuriens (ou « romans bretons »), qui mettent en scène le roi Arthur et les chevaliers de la Table ronde.
Ces romans se caractérisent par le retour de certains personnages (Gauvain, le sénéchal Keu, Yvain) et la figure centrale du chevalier errant, à la recherche de prouesses et d'aventures. Si Chrétien puise son inspiration dans la « matière de Bretagne* », contes d'origine celtique transmis oralement, son originalité réside dans ce qu'il nomme la « conjointure », l'art de composer.

● L'AUTEUR DU *CONTE DU GRAAL*

Chrétien n'ayant pas achevé *Perceval ou le Conte du Graal*, l'édition proposée est inspirée des diverses continuations* de son œuvre. Plusieurs auteurs ont en effet entrepris de poursuivre les aventures de Perceval et Gauvain. La nature mystérieuse des objets (le Graal et la lance qui saigne) suscitant la curiosité, chacun a pu proposer son interprétation.

HISTOIRE	**1066** Guillaume le Conquérant, duc de Normandie, devient roi d'Angleterre	**1095-1099** Première croisade	**1108-1137** Règne de Louis VI	**1137-1180** Règne de Louis VII
LITTÉRATURE	**1100** *La Chanson de Roland*	**1130-1135** Naissance de Chrétien de Troyes	**Vers 1170** *Érec et Énide*	**Vers 1176** *Cligès*

Que se passe-t-il à l'époque ?

Sur le plan politique

• LA RECONSTRUCTION DU ROYAUME

Si Louis VI et Louis VII agrandissent le royaume et affermissent leur pouvoir, c'est Philippe Auguste qui va renforcer le pouvoir royal. Il fait de Paris la capitale du royaume et construit des châteaux forts.

• LES CROISADES ET LE POUVOIR RELIGIEUX

Plusieurs expéditions vers Jérusalem sont organisées par les chrétiens pour reprendre le contrôle de la Terre sainte. De nombreuses cathédrales sont construites et les pèlerinages se multiplient.

• L'EFFERVESCENCE ÉCONOMIQUE

Le perfectionnement des techniques agricoles permet une meilleure exploitation des matières premières. Les villes se développent et les foires facilitent les échanges commerciaux.

Sur le plan littéraire

• L'ÉMERGENCE DES LANGUES ROMANES

Les langues romanes sont issues du latin vernaculaire* ou populaire. En France, la langue romane est l'ancien français. Elle apparaît au XIIe siècle et est utilisée par les auteurs pour écrire leurs textes, par opposition au latin.

• L'APPARITION DU ROMAN

Les textes en langue romane donnent naissance aux romans « antiques », s'inspirant de la culture gréco-latine, et aux romans « bretons », puisant leur inspiration dans la « matière de Bretagne ».

• LA POÉSIE LYRIQUE

Inspirés par un art de vivre oriental, les troubadours* et les trouvères*, poètes de langues d'oc et d'oïl*, célèbrent l'amour courtois* dans leurs chansons.

1147-1149
Deuxième croisade

1160
Début de la construction de Notre-Dame de Paris

1180-1223
Règne de Philippe Auguste

1214
Naissance de Louis IX (Saint Louis)

Vers 1177-1181
Yvain ou le Chevalier au lion et *Lancelot ou le Chevalier de la charrette*

1180-1190
Tristan et Iseut, versions de Béroul et deThomas

Vers 1190
Perceval ou le Conte du Graal. Mort de Chrétien de Troyes

Perceval ou le Conte du Graal

Prologue

Je vais vous raconter l'histoire de Perceval le Gallois. Cette histoire, je l'ai trouvée dans un livre fort ancien que le noble comte Philippe de Flandre● m'a confié, à moi, Chrétien de Troyes. J'ai mis tout mon art à l'organiser pour en faire un roman bien composé, que je dédie à cet illustre seigneur.

Cette histoire de Perceval vous divertira, mais elle vous fera aussi réfléchir, car elle est pleine d'enseignement : en vous la livrant, je sème une petite graine qui, je l'espère, portera du fruit. Ce jeune homme naïf, ignorant jusqu'à son nom, puisque sa mère l'a élevé dans la profonde Forêt Déserte, deviendra un vaillant chevalier. Il prendra place à la Table ronde●, parmi les compagnons du roi Arthur, l'illustre roi de Bretagne. Mais si ses brillants exploits font de lui l'égal de Gauvain, Lancelot ou Yvain●, son véritable destin, c'est l'aventure du Graal.

Écoutez donc, nobles seigneurs et charmantes dames, ce *Conte du Graal*, le meilleur conte qui fût jamais conté en cour royale●.

● Chrétien dédie son récit à son mécène, le comte Philippe de Flandre.

● La Table ronde est la table autour de laquelle se réunissent les chevaliers du roi Arthur (voir p. 138).

● Lancelot et Yvain sont les chevaliers héros des deux précédents ouvrages de Chrétien : *Lancelot ou le Chevalier de la charrette, Yvain ou le Chevalier au lion.*

● L'auteur s'adresse directememnt à ses auditeurs/lecteurs. Rappelons qu'à l'origine le texte est destiné à être lu à haute voix.

1

Une rencontre éblouissante

C'était à la saison où les arbres fleurissent, où les bois et les prés reverdissent[1] ; les oiseaux, chacun dans son langage, chantent doucement au matin et la nature entière est en joie.

Ce jour-là, le fils de la Dame Veuve● de la Forêt Déserte solitaire se leva ; il eut vite fait de seller son cheval de chasse et de prendre trois javelots. Ainsi équipé, il sortit du manoir[2] de sa mère et pensa qu'il irait voir ses paysans, qui semaient ses avoines.

Il entra dans la forêt● : l'air était si doux, le chant des oiseaux si joyeux que son cœur tressaillit de joie.

Tout à ce plaisir, il retira la bride à son cheval et le laissa paître dans l'herbe fraîche et verdoyante. Il aimait s'exercer au tir avec ses javelots, et il se mit à les lancer tout autour de lui, vers le haut et vers le bas, vers l'avant et vers l'arrière.

Et voilà que, tout à coup, il entendit venir à travers la forêt cinq chevaliers équipés de toutes leurs armes ; et ces armes faisaient un terrible fracas en heurtant les branches des arbres : lances, écus[3], hauberts[4] s'entrechoquaient à grand bruit.

1. **Reverdissent** : la *reverdie*, au Moyen Âge, désigne le renouveau, le printemps.
3. **Manoir** : petit château à la campagne.
3. **Écus** : bouclier.
4. **Hauberts** : tuniques en mailles d'acier.

● **C'est ainsi que l'on nomme la mère de Perceval. En effet, on verra plus loin qu'elle a perdu son mari et ses deux fils aînés.**

● **Dans les textes médiévaux, la forêt est à la fois le lieu sauvage où l'on chasse et celui des aventures périlleuses. Perceval, lui, s'y sent bien parce qu'il y a grandi.**

Le jeune homme entendait les arrivants, mais il ne les voyait pas encore. Stupéfait, il se dit : « Ce ne peut être que des diables ! Ma mère m'a dit, en effet, que ce sont les créatures les plus effrayantes au monde. Et elle m'a enseigné que, contre eux, la meilleure protection était le signe de croix. Mais moi, je pense qu'il vaut mieux les attaquer avec mon javelot ! »

Pourtant, quand il les vit sortir du bois, quand il vit les lances et les écus, les hauberts étincelants, les heaumes[1] brillants, quand il vit scintiller au soleil toutes ces couleurs magnifiques, le vermeil[2] et l'azur[3], l'or et l'argent, il fut émerveillé et s'écria :

– Ah ! Seigneur Dieu, pardonnez-moi ! Ce sont des anges que j'ai devant moi. Ma mère ne m'a pas menti quand elle m'a dit que les anges étaient les plus belles créatures du monde, après Dieu, qui est encore plus beau. Et c'est bien le Seigneur Dieu que je vois ici, car l'un d'entre eux est plus beau que tous les autres. Je vais donc l'honorer et l'adorer, comme ma mère me l'a appris.

Il se jeta donc à genoux pour dire toutes les prières qu'il savait. À cette vue, le maître des chevaliers dit à ses compagnons :

– Restez en arrière. Ce garçon est tombé à terre, terrifié, en nous voyant. S'il meurt de peur, il ne pourra répondre à aucune de nos questions.

Ils s'arrêtèrent alors et le chevalier se dirigea vers le jeune homme. Il le salua et lui dit pour le rassurer :

– Jeune homme, n'aie pas peur.

– Non, je n'ai pas peur. Qui êtes-vous donc ? Êtes-vous Dieu ?

– Non, par ma foi. Je suis chevalier.

1. **Heaumes** : casques.
2. **Vermeil** : rouge.
3. **Azur** : bleu.

La scène est comique en raison de ce quiproquo initial.

– Jamais de ma vie je n'ai vu de chevalier et je n'en ai jamais entendu parler. Mais vous êtes plus beau que Dieu ! Ah, si je pouvais être comme vous, magnifique et resplendissant !

Le chevalier s'approcha de lui pour l'interroger :

– As-tu vu aujourd'hui sur cette lande cinq chevaliers et trois jeunes filles ?

Mais le jeune homme s'intéressait à tout autre chose. Il tendit la main vers la lance du chevalier et la prit :

– Cher seigneur, vous qui vous appelez « chevalier », quel est cet objet que vous tenez● ?

– Me voilà bien avancé ! Je voulais te poser des questions, et c'est toi qui m'interroges ! Je te le dirai pourtant : c'est ma lance.

– Voulez-vous dire qu'on la lance, comme je le fais avec mes javelots ?

– Mais non ! Tu es bien sot, mon garçon. On en frappe son adversaire de près.

Le jeune homme saisit alors le bord de l'écu :

– Et cela, qu'est-ce que c'est ? À quoi cela sert-il ?

– Tu te moques de moi, avec tes questions. Je te répondrai cependant, car tu me plais. Ce que je porte est un écu. Et il m'est bien utile : il me protège fidèlement de tous les coups qu'on me porte.

Les compagnons du chevalier les rejoignirent et dirent à leur seigneur :

– Que vous raconte ce Gallois ?

● **Le comique de situation s'accentue avec l'avalanche de questions de Perceval, alors que le chevalier attend des réponses.**

– Il ne connaît pas les bonnes manières. Il ne répond à aucune de mes questions, mais pour chaque chose qu'il voit, il me demande son nom et ce qu'on peut en faire.

– Seigneur, vous savez bien que les Gallois sont par nature stupides●. Celui-ci est comme les autres. C'est folie de perdre son temps avec lui.

– Je répondrai pourtant à ses questions autant qu'il le faudra.

Mais déjà le jeune homme le saisissait par le pan de son haubert :

– Dites-moi donc, cher seigneur, quel est ce vêtement ?

– Tu ne le sais pas ? C'est mon haubert, et il est lourd comme fer.

– Il est donc en fer ?

– Tu le vois bien.

– Il est très beau, mais à quoi sert-il● ?

– C'est facile à expliquer : si tu voulais lancer contre moi une flèche ou un javelot, tu ne pourrais me faire aucun mal.

– Eh bien, heureusement que les biches et les cerfs n'en portent pas ! La chasse serait finie pour moi.

Le chevalier reprit alors :

– Jeune homme, vas-tu enfin me dire des nouvelles des chevaliers et des jeunes filles ?

Et l'autre, qui était vraiment bien naïf, lui dit :

– Êtes-vous né ainsi ?

– Mais non, voyons, c'est impossible !

● **Les habitants du *pays de Galles* avaient, au Moyen Âge, la réputation d'être des paysans grossiers, peu civilisés.**

● **Perceval apparaît ici comme un personnage naïf, voire niais, ce qui crée une forme de comique de caractère.**

– Qui vous a donc équipé de la sorte ?

– Je vais te le dire : c'est le roi Arthur qui m'a donné tout cet équipement, il y a cinq jours, quand il m'a en personne adoubé●. Mais réponds-moi enfin : où sont passés les cinq chevaliers et les jeunes filles ?

– Seigneur, regardez là-haut cette forêt au pied de la montagne : ce sont les défilés de Valbonne. Si ces gens sont passés par là et si les paysans de ma mère les ont vus, ils vous le diront.

Il monta sur son cheval et les conduisit jusqu'aux champs où travaillaient les paysans. Et quand ceux-ci aperçurent leur seigneur, ils tremblèrent de peur. Savez-vous pourquoi ? À cause de ceux qu'ils voyaient venir avec lui tout armés. En effet, ils comprenaient bien que, si le jeune homme connaissait leurs activités et leur noble condition, il voudrait devenir chevalier, et sa mère, de chagrin, en perdrait la raison. On s'était donné tant de mal pour l'empêcher d'en apercevoir un seul !

Quand le maître des chevaliers eut enfin obtenu les renseignements qu'il souhaitait, le jeune homme lui demanda encore :

– Et ce roi qui fait les chevaliers, parlez-moi un peu de lui ! Où demeure-t-il le plus souvent ?

– Jeune homme, répondit-il, le roi séjourne à Carduel●. Il n'y a pas cinq jours, il s'y trouvait et je l'ai vu. S'il n'y est plus, tu trouveras bien quelqu'un pour te renseigner.

Sur ces mots, il s'éloigna au grand galop pour rejoindre ses compagnons.

● L'*adoubement* est la cérémonie par laquelle un jeune noble est fait chevalier, après avoir appris le métier des armes. Son armement lui est donné par le seigneur qui a assuré sa formation.

● Au Moyen Âge, les rois se déplacent souvent et viennent tenir leur cour dans diverses résidences : on voit, dans *Perceval*, le roi Arthur à Carduel, Disnaron et Carlion. Autre lieu fréquemment cité mais pas dans ce roman : Camaalot.

2

La Dame Veuve

Le jeune homme ne perdit pas de temps pour retourner au manoir. Son retard avait plongé sa mère dans la tristesse, mais dès qu'elle le vit, elle laissa éclater sa joie. Elle courut à sa rencontre et le serra contre elle comme une mère pleine d'amour, lui répétant cent fois : « Cher fils, cher fils ! »

– Mon fils chéri, mon cœur était tellement serré d'angoisse à cause de ton retard que j'ai failli mourir de douleur. Où t'es-tu attardé ?

– Où ? Je vous le dirai sans mentir, car j'ai vu une chose qui m'a rempli de joie. Ne m'aviez-vous pas dit que les anges de Notre-Seigneur sont plus beaux que toute créature au monde ?

– Je l'ai dit, en vérité, et je le redis encore.

– Eh bien, figurez-vous, mère, que j'ai vu aujourd'hui, dans la Forêt Déserte, les plus belles créatures qui soient, plus belles que Dieu et ses anges !

Sa mère le serra dans ses bras :

– Mon fils, que Dieu te protège, car j'ai grand-peur pour toi. Tu as vu, je crois, les anges dont tout le monde se plaint, car ils tuent ceux qu'ils atteignent.

– Non, mère, pas du tout ! Ils disent qu'ils ont pour nom « chevalier » !

À ce mot, la mère s'évanouit. Lorsqu'elle reprit ses esprits, elle laissa parler son chagrin :

– Hélas, quelle triste destinée que la mienne ! Mon fils chéri, je croyais bien te tenir à l'écart de la chevalerie : tu n'en aurais rien vu, tu n'en aurais même pas entendu parler ! Et pourtant, tu aurais dû être chevalier, mon fils, si Dieu t'avait conservé ton père : nul n'était plus estimé et redouté que lui dans toutes les Îles de la Mer. Tout comme moi, il était né d'un noble et excellent lignage●. Mais de grands malheurs s'abattirent sur nous. Ton père fut blessé aux jambes et demeura infirme. Il perdit son domaine, ses trésors, tous ses biens, et tomba dans une grande pauvreté. Après la mort d'Uter Pendragon, père du bon roi Arthur, les terres furent dévastées. Ton père put fuir vers ce simple manoir qu'il possédait dans la Forêt Déserte : il s'y fit porter en litière[1]. Tu étais encore un tout petit enfant au sein, mais tu avais deux frères aînés très beaux. Quand ils furent grands, ils allèrent dans des cours royales pour obtenir armes et chevaux. L'aîné chez le roi d'Escavalon, le second chez le roi Ban de Gomeret. Le même jour ils furent adoubés, et le même jour ils voulurent, pour partager leur joie avec leur père et leur mère, rentrer à la maison. Ils périrent ensemble, massacrés sur le chemin du retour. Leur père mourut de chagrin, et moi, je connus la vie bien amère d'une veuve. Tu étais mon unique consolation, mon unique bien. Dieu ne m'avait rien laissé d'autre.

Mais le jeune homme prêtait bien peu d'attention à ce que sa mère lui racontait :

– Donnez-moi à manger, fit-il. Je ne sais de quoi vous me parlez. Mais ce que je voudrais vraiment, c'est aller trouver le roi qui fait les chevaliers ! Et j'irai, rien ne m'en empêchera !

1. **Litière** : lit ambulant généralement couvert.

● **Le *lignage* est l'ensemble des personnes d'une même famille. Au Moyen Âge, il est très important, pour un chevalier, d'avoir des ancêtres nobles et renommés.**

La mère, autant qu'elle le put, retarda son départ. Elle l'équipa d'une grossière chemise de chanvre, et de braies[1] à la mode du pays de Galles. Avec cela, une cotte[2] et un capuchon en cuir de cerf. Elle parvint ainsi à le retarder trois jours, mais pas plus. Quand vint le moment du départ, elle l'embrassa et le serra contre elle en pleurant :

1. **Braies** : pantalons courts qui descendent jusqu'aux genoux. Les braies sont raccordées aux chausses, qui couvrent jambes et pieds.
2. **Cotte** : tunique portée par les hommes et les femmes de toute condition.

– Ma douleur est immense, mon fils, de te voir partir. Tu iras à la cour du roi et tu lui demanderas des armes. Elles ne te seront pas refusées : il te les donnera, je le sais bien. Mais quand il faudra t'en servir, comment feras-tu ? Tu ne l'as jamais fait ni vu faire. Comment pourras-tu t'en tirer ? Bien mal, je le crains.

« Je veux cependant te donner un enseignement, mon cher fils. Écoute-le bien, il te sera profitable. Tu seras chevalier d'ici peu, mon fils, et je l'accepte. Si tu rencontres une dame ou une jeune fille qui ait besoin d'assistance, sois toujours prêt à l'aider : c'est le comportement d'un homme d'honneur. Sois au service des dames et des demoiselles, et si tu courtises l'une d'entre elles, prends garde à ne pas l'importuner. Ne fais rien qui lui déplaise : si une jeune fille t'accorde un baiser, c'est déjà beaucoup ; n'en demande pas davantage. Et si elle a un anneau au doigt ou une aumônière[1] à sa ceinture, et qu'elle t'en fait cadeau, accepte-les. Voilà tout ce que je te permets. Cher fils, encore un conseil : si, pour quelque temps, tu fais route avec un compagnon, ou si tu partages un logis avec quelqu'un, ne reste jamais longtemps sans demander son nom ; c'est par le nom qu'on connaît l'homme. Parle aux gens de bien et fréquente-les : un homme d'honneur ne donne que de bons conseils. Enfin, par-dessus tout, je veux que tu ailles dans les églises et les monastères pour prier Notre-Seigneur, afin que tu aies, dans ce monde, une conduite digne d'un bon chrétien.

– Mère, fit-il, qu'est-ce qu'une église ?

– C'est un endroit où l'on célèbre Dieu le Créateur, qui fit le ciel et la terre, et y mit les hommes et les bêtes.

1. **Aumônière** : petit sac, souvent richement brodé, que l'on porte à la ceinture ; il contient des *aumônes* pour les pauvres.

– Et qu'est-ce qu'un monastère ?

– C'est la même chose : une maison belle et très sainte qui contient des reliques[1] et des trésors. On y dit la messe en mémoire de Jésus-Christ, qui souffrit la Passion● et fut crucifié pour sauver les hommes et les femmes. Pour louer ce Seigneur, je te conseille d'aller dans les monastères.

– J'irai donc bien volontiers dans les églises et les monastères, je vous le promets.

Alors, sans plus attendre, il prit congé ; sa mère pleurait, mais déjà la selle était mise au cheval. Il était équipé à la mode des Gallois, avec de gros brodequins[2] aux pieds. Il voulait emporter ses trois javelots, comme d'habitude, mais sa mère lui en fit laisser deux, pour qu'il n'ait pas trop l'air d'un Gallois. Dans sa main droite, il tenait une baguette d'osier pour fouetter son cheval.

Sa mère demanda à Dieu de le protéger :

– Cher fils, où que tu ailles, que Dieu te donne plus de joie qu'il ne m'en reste à moi !

Quand le jeune homme se fut éloigné d'un jet de pierre, il regarda en arrière et vit sa mère tombée par terre évanouie, comme morte. Mais lui cingla la croupe de son cheval de sa baguette ; l'animal bondit et l'emporta à bonne allure vers la grande forêt obscure.

1. **Reliques** : restes des saints (morceaux d'os ou de vêtement) que l'on conserve dans les églises et les monastères. Elles étaient le but de nombreux pèlerinages.
2. **Brodequins** : solides chaussures de cuir montantes.

● **Pour les chrétiens, Jésus-Christ, par ses souffrances (la Passion) et sa mort sur la croix (crucifixion), a sauvé les hommes du péché.**

3

La jeune fille de la tente

Le jeune homme chevaucha toute la journée et passa la nuit dans la forêt. Au matin, avec le chant des oiseaux, il reprit la route. Il aperçut alors une tente dans une verte prairie, à côté d'une source. Cette tente était extraordinairement belle : vermeille d'un côté, verte de l'autre, et décorée de bandes brodées d'or ; au sommet, un aigle d'or que les rayons du soleil faisaient briller. Le jeune homme alla vers la tente en se disant : « Seigneur, c'est votre maison que je vois ! Elle avait bien raison, ma mère, de me dire qu'une église est la plus belle chose au monde. Je vais aller adorer Dieu le Créateur ; et je lui demanderai de me donner aujourd'hui de quoi manger, car j'ai grand-faim. »

Il arriva à la tente et la trouva ouverte. Au milieu, un lit magnifique recouvert d'un drap de soie. Sur ce lit, une demoiselle était endormie. Ses suivantes étaient allées cueillir des fleurs fraîches. Quand le jeune homme entra, son cheval trébucha, et la jeune fille s'éveilla en sursaut. Naïvement, il lui dit :

– Demoiselle, je vous salue, comme ma mère me l'a appris. Elle m'a bien recommandé de saluer les jeunes filles.

La demoiselle tremblait de peur, car le garçon lui semblait fou. Elle-même se tenait pour folle d'être restée ainsi toute seule.

– Jeune homme, passe ton chemin, lui dit-elle, avant que mon ami ne te trouve ici !

– Avant de partir, je dois vous donner un baiser ! C'est ce que ma mère m'a enseigné.

– Jamais tu ne m'embrasseras, répondit-elle. Fuis avant que mon ami ne vienne ! Il s'appelle l'Orgueilleux de la Lande, et c'est un chevalier redoutable : il te tuera !

Mais le jeune homme était robuste. Il la prit dans ses bras maladroitement ; elle eut beau se débattre, il l'immobilisa et lui prit vingt baisers à la suite, sans qu'elle puisse l'en empêcher.

C'est alors qu'il vit à son doigt un anneau orné d'une belle émeraude.

– Ma mère m'a dit aussi de prendre votre anneau. Allons, donnez-le-moi, je le veux !

– Mon anneau, tu ne l'auras jamais. Il faudra me l'arracher de force !

Le jeune homme lui prit la main, déplia le doigt de force et saisit l'anneau. Il le mit à son doigt en disant :

– Jeune fille, grand merci ! Je suis fort content de vous avoir rencontrée : vos baisers étaient bien agréables.

Elle se mit à pleurer, le suppliant :

– N'emporte pas mon petit anneau ! J'aurai de graves ennuis, et toi, tu risques de perdre la vie, tôt ou tard, je te l'assure.

Mais le jeune homme ne s'en souciait guère. Ce qui le tourmentait, c'était qu'il mourait de faim. Il vit un petit tonneau de vin, avec un hanap[1] d'argent ; à côté, une serviette bien blanche. Il la souleva et trouva dessous trois pâtés de chevreuil. Tout content, il entama de bon appétit un des pâtés et se versa

1. **Hanap** : coupe à boire en métal, montée sur un pied, parfois avec des anses ou un couvercle.

La naïveté et l'ignorance de Perceval engendrent un acte violent dont les conséquences vont s'avérer désastreuses. La scène relève à la fois de la farce et du drame.

du vin dans la coupe d'argent. Ce vin était délicieux et il en but de grandes rasades. Après cela, il se tourna vers la jeune fille :

– Demoiselle, je ne pourrai pas manger à moi tout seul ces pâtés. Venez m'aider, ils sont excellents. Chacun aura le sien, et il en restera encore un ! Mais la jeune fille ne cessait de pleurer à chaudes larmes. Elle le laissa manger et boire autant qu'il le voulait. Quand il eut fini, il lui dit adieu :

– Que Dieu vous protège, chère amie ! Ne vous faites pas de souci pour cet anneau que j'emporte. Je saurai bien vous en récompenser.

La jeune fille resta seule, en larmes. Elle savait bien qu'à cause de lui elle devrait souffrir honte et tourments. Elle aurait à subir de grands malheurs, et ce n'était pas lui qui pourrait l'aider.

Perceval à cheval fait un geste d'adieu. Miniature du XIVe siècle extraite de Perceval *de Chrétien de Troyes. BNF, Paris.*

Peu de temps après, l'Orgueilleux de la Lande revint de la chasse. Il vit les traces des sabots d'un cheval, et cela lui déplut. Trouvant son amie qui pleurait, il lui dit :

– Demoiselle, je vois bien à ces traces qu'un chevalier est passé par là.

– Non, seigneur, je vous le jure. C'est seulement un jeune Gallois déplaisant, vulgaire et sot, qui a bu de votre vin et mangé vos trois pâtés.

– Et c'est pour cela que vous pleurez ? Il aurait bien pu boire et manger le tout, cela m'est bien égal !

– Ce n'est pas tout, seigneur. Il m'a arraché mon anneau et l'a emporté avec lui. J'aurais préféré être morte !

L'autre se troubla et dit, plein de colère :

– Ma foi, c'est un grand outrage ! Mais n'y a-t-il eu rien d'autre ? J'ai l'impression que vous me cachez quelque chose !

– Seigneur, il m'a pris un baiser.

– Un baiser ?

– Eh oui, mais ce fut malgré moi.

– Non, non, dites plutôt que cela vous a bien plu ! Vous n'avez guère résisté. Croyez-vous que je ne vous connaisse pas ? Je sais comment sont les femmes. Eh bien, sachez que vous avez pris un mauvais chemin, car je vais me venger. Votre cheval n'aura plus d'avoine ; s'il meurt, vous me suivrez à pied. Quant à vous, vous n'aurez pas d'autres vêtements que ceux que vous portez aujourd'hui ; ils pourront tomber en lambeaux. Et ce châtiment durera jusqu'à ce que je puisse trancher la tête de celui qui m'a fait un tel affront.

4

À la cour d'Arthur

De son côté, le jeune homme avait repris la route. Il chevaucha tant et si bien qu'il rencontra un charbonnier menant un âne.

– Brave homme, dit-il, indique-moi le chemin le plus court pour aller à Carduel. Je veux voir le roi Arthur, car on m'a dit qu'il fait des chevaliers.

– Va dans cette direction, mon cher ami, et tu verras un château au bord de la mer. C'est là que tu trouveras le roi Arthur, à la fois joyeux et triste.

– Vas-tu me dire pourquoi le roi est joyeux et triste ?

– Oui, bien sûr. Le roi Arthur, avec toute son armée, a combattu contre le roi Rion des Îles, et il l'a vaincu : c'est cela qui le rend joyeux. Mais il est triste car ses compagnons l'ont quitté pour aller se reposer dans leurs châteaux. Il est sans nouvelles d'eux, et cela l'afflige beaucoup.

Le jeune homme ne s'intéressait guère à ces nouvelles ; il se contenta de suivre le chemin indiqué. Arrivé devant un magnifique château au bord de la mer, il vit, sortant par la grande porte, un chevalier armé portant dans sa main droite une coupe d'or ; de la gauche, il tenait sa lance et son écu. Son armure était d'une couleur vermeille éclatante. Elle plut beaucoup au jeune homme qui se dit : « Ma foi, voilà les armes que je vais demander au roi. Je serais ravi qu'il me les donne. »

Il s'élança alors vers le château, et quand il fut tout près du chevalier, celui-ci l'interpella :

– Où vas-tu donc ainsi ?

– Je veux aller à la cour du roi pour lui demander ces armes.

– Tu as bien raison, mon garçon. Va, et reviens vite. Tu pourras dire à ce mauvais roi qu'il doit me rendre ma terre ou devenir mon vassal[1], car je la revendique : elle est à moi. S'il refuse, qu'il envoie quelqu'un pour me combattre. Tu peux me croire : je viens de lui prendre cette coupe d'or, dans laquelle il était en train de boire.

Le jeune homme n'avait guère écouté ces paroles. Il arriva à la cour où le roi et les chevaliers étaient assis pour le repas. C'était au rez-de-chaussée, dans la grande et belle salle pavée ; le jeune Gallois y entra à cheval ! Le roi Arthur était assis au bout de la table, plongé dans ses pensées. Les autres chevaliers discutaient et plaisantaient joyeusement. Le roi seul restait pensif et muet●.

Lorsque le jeune homme s'avança, il ne sut qui saluer, car il ne connaissait pas le roi. Il vit alors un écuyer[2] appelé Yonet, un couteau à la main, et se dirigea vers lui pour lui demander :

– Toi qui tiens un couteau, dis-moi donc qui est le roi.

– Ami, tu peux le voir ici, lui répondit Yonet fort courtoisement.

Le jeune homme se dirigea aussitôt vers le roi et le salua de la façon qu'il savait. Celui-ci, plongé dans ses pensées, ne dit pas un mot. Le garçon lui adressa la parole à nouveau. Le roi demeura pensif et muet.

« Ma foi, se dit le jeune homme, ce roi n'a jamais fait de chevaliers. On ne peut en tirer un mot. Comment pourrait-il faire un chevalier ? »

1. **Vassal** : seigneur ayant reçu ses terres d'un autre seigneur plus puissant, en échange d'un serment de fidélité et d'un service militaire.
2. **Écuyer** : jeune noble qui fait son apprentissage de chevalier. Entre autres choses, il apprend à s'occuper des armes et à servir à la table du seigneur.

● **Dans Perceval, la figure du roi Arthur se dégrade. Sa souveraineté semble fragilisée. Perceval va donc avoir pour fonction de la rétablir.**

Aussitôt, il s'apprêta à repartir et fit tourner bride à son cheval. Mais il l'avait mené si près, comme un homme mal élevé, que la tête de l'animal heurta le chapeau du roi et le fit tomber sur la table. Le roi, relevant la tête, sortit enfin de ses pensées :

– Cher ami, dit-il, soyez le bienvenu ! Ne m'en veuillez pas, si je n'ai pas répondu à votre salut. J'étais plongé dans la tristesse : mon pire ennemi, plein de haine et d'insolence, vient de me contester ici même ma terre : il menace de s'en emparer et il est assez fou pour me défier. Il se nomme le Chevalier Vermeil. La reine était venue s'asseoir auprès de moi pour réconforter les blessés. Quand le chevalier s'est emparé de ma coupe par défi, il l'a enlevée si furieusement qu'il a répandu tout le vin sur la reine. C'était un geste grossier et ignoble, et la reine, pleine de douleur et de colère, s'est retirée dans sa chambre, où elle se meurt de chagrin.

Le jeune homme se moquait totalement de ce que le roi pouvait bien lui raconter : sa douleur, la honte de la reine, tout cela lui était indifférent.

– Faites-moi chevalier, seigneur roi, car je veux m'en aller● !

Ses yeux brillaient, clairs et vifs, dans son visage. Personne, voyant ce jeune sauvage, ne le jugeait bien sensé ; malgré cela, tous lui trouvaient l'air beau et noble.

– Ami, dit le roi, descendez de votre cheval et confiez-le à ce jeune homme. Vous serez fait chevalier comme vous le voulez, je m'y engage devant Dieu.

● **L'impératif adressé au roi témoigne de l'ignorance des usages : Perceval ne sait pas comment s'exprimer face à un roi.**

– Mais ils n'étaient pas descendus de cheval, ceux que j'ai rencontrés sur la lande ! Et vous voulez que je descende ! Jamais, je le jure sur ma tête ! Faites vite, et je m'en irai.

– Mon cher ami, je le ferai bien volontiers, pour notre bien à tous deux.

– Par ma foi, mon cher seigneur le roi, je ne veux pas attendre des mois ! Je veux être Chevalier Vermeil : donnez-moi les armes de celui que j'ai rencontré devant votre porte, avec votre coupe d'or !

Le sénéchal[1] Keu lui dit avec colère :

– Eh bien, allez-y, mon ami ! C'est votre droit, allez lui enlever ses armes : elles sont à vous● !

– Keu, lui dit le roi, cessez de dire des méchancetés à n'importe qui ! Ce garçon est naïf et ignorant, mais il est peut-être d'un noble lignage. Il lui a seulement manqué un bon maître pour faire son éducation, et il peut encore devenir un chevalier vaillant et sage. Quant à vous, sachez qu'il est détestable, pour un homme de bien, de se moquer d'autrui.

Pendant que le roi réprimandait Keu, le jeune homme, sur le point de partir, vit une jeune fille, belle et gracieuse, qu'il salua. Elle lui rendit son salut et se mit à rire en le regardant :

– Jeune homme, si tu vis assez longtemps, mon cœur me dit que, dans le monde entier, il n'y aura meilleur chevalier que toi. Nul ne pourra te surpasser, j'en ai la certitude.

Or la jeune fille n'avait jamais ri depuis six ans, et elle parla très fort, si bien que tous l'entendirent. Keu, furieux, lui donna une

1. **Sénéchal** : seigneur important dans la cour d'un roi, ayant la charge de l'intendance et des expéditions militaires.

● **Perceval ne comprend pas l'ironie. C'est un jeune homme têtu qui n'écoute pas les autres et ne perçoit pas le vrai sens des mots.**

gifle si violente qu'il la fit tomber à terre. Le fou[1] de la cour se tenait près de la cheminée : le sénéchal, plein de colère, lui lança un coup de pied qui l'envoya rouler dans le feu ardent. En effet, le fou avait coutume de prédire : « Cette jeune fille ne retrouvera le rire que le jour où elle verra le chevalier qui surpassera tous les autres par sa vaillance. »

Le jeune homme ne s'attarda pas et repartit en quête du Chevalier Vermeil. Mais Yonet, qui connaissait tous les raccourcis, le suivit en courant jusqu'au chemin où le chevalier se tenait, attendant l'exploit et l'aventure ; il avait posé la coupe d'or à côté de lui sur une grosse pierre. Le jeune homme arriva à toute allure pour conquérir les armes et cria, dès qu'il fut assez près :

– Déposez ces armes à terre, enlevez-les ! Par ordre du roi Arthur !

– Dis-moi, garçon, personne n'a donc l'audace de venir ici défendre la cause du roi ?

– Comment ? Par tous les diables, seigneur chevalier, vous plaisantez ! Vous n'avez pas encore déposé vos armes ?

– Quelqu'un va-t-il venir se battre contre moi ?

– Seigneur chevalier, dépêchez-vous d'ôter ces armes, sinon je le ferai moi-même. Sachez que je vais vous frapper, si vous me faites encore attendre !

Le Chevalier Vermeil fut pris de colère et, du bois de sa lance, frappa le garçon en travers des épaules, le faisant tomber en avant sur le cou de son cheval.

Le jeune homme, furieux d'être ainsi atteint, saisit son javelot et, visant du mieux qu'il pouvait, le lui lança dans

1. **Fou** : personnage chargé de divertir les rois ou les princes par ses plaisanteries.

l'œil. L'arme pénétra dans le crâne à travers l'œil jusqu'à la nuque. Le sang et la cervelle giclèrent et le chevalier tomba à terre, mort.

Le jeune homme descendit de cheval ; il mit de côté la lance et l'écu. Mais il ne parvint pas à prendre le heaume ni à détacher l'épée du côté : impossible de la tirer du fourreau ! Le voyant si embarrassé, Yonet se mit à rire :

– Que faites-vous là, mon ami ?

– Je ne sais pas trop. Je croyais que le roi m'avait donné ces armes, mais elles tiennent si bien au corps que je ne peux séparer le dedans du dehors. J'aurais plus vite fait de découper le corps en grillades que de chercher à détacher ces armes !

Aussitôt, Yonet déshabilla le mort de la tête aux pieds : haubert, chausses, heaume, le jeune homme reçut toutes les pièces de l'armure. Mais il ne voulut pas abandonner ses propres vêtements. Pas question, malgré les conseils d'Yonet, de prendre la cotte de soie rembourrée à porter sous l'armure. Pas question de laisser ses bons brodequins.

– Comment, dit-il à Yonet, c'est une plaisanterie ! Pourquoi diable faudrait-il changer les bons habits que ma mère m'a donnés contre ceux de ce chevalier ? Ma solide chemise de chanvre, ma tunique de cerf qui ne laisse pas passer une goutte d'eau, contre ces vêtements minces et fragiles, qui ne valent rien ?

Impossible de convaincre un fou ! Il ne voulut prendre que les armes. Yonet lui laça les chausses, fixa tant bien que mal les éperons sur les brodequins, puis le revêtit du haubert. Il plaça sur sa tête le heaume et lui montra comment ceindre l'épée de façon à la tirer facilement. Il lui mit le pied à l'étrier et le fit monter sur le destrier[1] : il lui apprit à se servir des éperons, lui qui n'avait jamais eu qu'une baguette d'osier. Il lui donna enfin l'écu et la lance. Avant de s'en aller, le garçon lui dit :

– Ami, vous pouvez garder mon cheval de chasse : je vous le donne, car il est très bon. Vous rapporterez sa coupe au roi et le saluerez de ma part. Quant à la jeune fille que Keu a giflée, vous pouvez lui dire qu'elle sera un jour vengée.

Yonet revint au château pour remplir sa mission. Devant tous les seigneurs rassemblés dans la grande salle, il rendit sa coupe au roi :

– Seigneur, dit-il, réjouissez-vous. Votre chevalier, qui était ici tout à l'heure, vous renvoie votre coupe.

– De quel chevalier parles-tu ?

– Par Dieu, Seigneur, je parle du jeune Gallois.

– Celui qui m'a demandé les armes vermeilles du chevalier qui m'avait outragé ?

– Oui, seigneur, c'est lui.

– Et comment a-t-il eu ma coupe ? Le chevalier l'a-t-il rendue de bon gré ?

– Pas du tout. Le jeune homme l'a bel et bien tué !

– Et comment donc ?

– Seigneur, voilà ce que j'ai vu : le chevalier l'a frappé rudement de sa lance, et le jeune homme a répliqué en lui envoyant son javelot dans l'œil. Il lui a fait gicler le sang et la cervelle et il l'a étendu raide mort sur le sol.

1. **Destrier** : cheval de bataille, rapide et fougueux, dressé pour le combat à la lance. On le ménage et, quand le chevalier ne le monte pas, l'écuyer le mène à côté en le guidant par la main droite (la *dextre*).

– Ah ! Keu, dit le roi, comme vous m'avez fait du tort ! Votre méchante langue m'a privé d'un chevalier de valeur, qui m'a rendu aujourd'hui un grand service.

– Seigneur, dit Yonet, j'ai aussi un message pour la suivante de la reine, que Keu a frappée par dépit : il la vengera, s'il peut en avoir l'occasion.

À ces mots, le fou, qui était assis près de la cheminée, bondit de joie et dit au roi :

– Seigneur roi, voici venu le temps des aventures : elles seront cruelles et redoutables ! Et je vous garantis ceci : Keu peut être sûr et certain qu'avant quarante jours, le chevalier aura vengé le coup de pied que j'ai reçu, et la gifle qu'il a donnée à la jeune fille. Il aura le bras brisé et devra le porter en écharpe pendant six mois !

Le roi Arthur se désolait :

– Hélas, Keu, quelle peine vous m'avez causée aujourd'hui ! Si l'on avait formé et éduqué ce jeune homme pour qu'il puisse se servir de la lance et de l'écu, il aurait fait un bon chevalier. Mais il ne sait même pas manier l'épée ! Il va rencontrer une brute qui l'attaquera pour lui voler son cheval ; il ne saura se défendre et sera tué ou blessé.

Ainsi se lamentait le roi. Le voilà à nouveau plongé dans de tristes pensées.

5

Perceval chez Gornemant

Le jeune homme chevaucha sans s'arrêter à travers la forêt et parvint dans une vaste plaine où coulait une rivière aux eaux noires et profondes. Il suivit la rive, le long d'un haut rocher, et aperçut un château puissant et magnifique. Au milieu se dressaient le donjon● et, tout autour, une solide muraille avec une tour plus basse à chacun des quatre coins. Le château, magnifiquement bâti, était aussi très confortable à l'intérieur. Il était défendu par un pont-levis[1], qui était baissé dans la journée, mais que l'on relevait la nuit.

Sur ce pont se tenait un noble seigneur, habillé d'hermine[2], qui se promenait en compagnie de deux écuyers. Il vit venir à lui le jeune homme et l'attendit. L'arrivant avait bien retenu les conseils de sa mère ; il le salua en ajoutant :

– Seigneur, c'est ce que m'a enseigné ma mère.

– Dieu te bénisse, mon frère, répondit le seigneur, qui avait bien compris, à ses paroles, que le garçon était naïf et sot. Et d'où viens-tu, cher frère ?

– D'où ? De la cour du roi Arthur !

– Qu'y as-tu fait ?

– Le roi, que Dieu le protège, m'a fait chevalier.

– Chevalier ! Par ma foi, je ne pensais pas qu'il avait à l'esprit de faire des chevaliers. Et dis-moi donc, noble frère, qui t'a donné ces armes ?

1. **Pont-levis** : pont mobile qui s'abaisse et se relève.
2. **Hermine** : fourrure blanche très précieuse.

● **Le donjon est le lieu de résidence du seigneur. Il est au centre du dispositif de défense du château fort.**

– Le roi me les a données.

Et il lui raconta comment tout cela était arrivé. Le seigneur lui demanda alors ce qu'il savait faire de son cheval.

– Je le fais courir partout où je veux, tout comme je faisais avec le cheval de chasse que j'avais dans la maison de ma mère.

– Et tes armes, mon ami, que sais-tu en faire ?

– Je sais les revêtir et les ôter, comme m'a appris le jeune homme qui, devant moi, désarma celui que j'avais tué. Et je les porte facilement, car elles ne me gênent en rien.

– Par Dieu, j'en suis bien content, fit le seigneur. Dis-moi donc maintenant, si tu le veux bien, ce qui t'amène ici.

– Seigneur, ma mère m'a enseigné d'aller vers les hommes de bien, de leur demander des conseils et de les suivre, car j'en tirerais grand profit.

– Cher frère, bénie soit ta mère, car elle t'a bien conseillé. As-tu autre chose à ajouter ?

– Oui, j'aimerais que vous m'hébergiez aujourd'hui.

– Très volontiers●, mais à une condition. Accorde-moi une faveur qui pourra t'être très profitable.

– Quoi donc ?

– Que tu aies confiance en mes conseils comme en ceux de ta mère.

– Ma foi, je vous l'accorde.

Le jeune homme mit pied à terre. L'un des jeunes gens prit son cheval et l'autre le désarma. Et il se retrouva dans ses vêtements ridicules, avec ses brodequins et la cotte de cerf mal faite et mal taillée que sa mère lui avait donnée.

● **Au Moyen Âge, le seigneur d'un château est tenu d'accueillir tout chevalier errant : c'est le devoir d'hospitalité.**

Le noble seigneur se fit chausser les éperons d'acier tranchant, sauta sur le cheval, suspendit l'écu à son cou et saisit la lance.

– Ami, dit-il, apprends maintenant à te servir des armes et observe comment on doit tenir une lance, piquer des éperons et retenir son cheval !

Il déploya alors le gonfanon● et lui apprit à tenir son écu : il le laissa pendre en avant de manière à toucher le col du cheval. Il mit la lance en arrêt et éperonna le destrier, une bête excellente, docile, rapide et robuste. Le seigneur était expert dans le maniement de l'écu, du cheval et de la lance, car il l'avait appris dès l'enfance. Quand il eut fait sa démonstration, il revint vers le jeune homme qui l'avait regardé, émerveillé, en notant le moindre détail. Il lui demanda :

– Serais-tu capable de manier la lance et l'écu, d'éperonner et mener le cheval ?

L'autre lui répondit bien franchement :

– Seigneur, je ne veux pas vivre un jour de plus sans savoir faire cela. C'est mon plus cher désir !

– Ce qu'on ne sait pas, on peut l'apprendre, si l'on veut s'en donner la peine. Mon cher ami, dans tous les métiers, il faut effort, courage et expérience. Ce sont les trois conditions pour acquérir n'importe quel savoir. Mais puisque tu ne l'as jamais fait ni vu faire par quiconque, il est normal que tu l'ignores : il n'y a aucune honte à cela.

● **Le gonfanon est une sorte de drapeau que l'on attache à la lance : tout comme l'écu, il porte les armoiries (emblèmes) du chevalier ; il permet de l'identifier, ce qui est indispensable puisque son visage est caché par le heaume.**

Il le fit monter à cheval, et le jeune homme se servit de la lance et de l'écu, comme s'il avait toujours vécu parmi les tournois et les guerres ou parcouru le monde en quête de batailles et d'aventures. Tout cela lui venait de Nature● : lorsque Nature est favorable et que l'on y met tout son cœur, rien ne peut être difficile. Le noble seigneur était ravi des bonnes dispositions de son élève.

Quand le garçon eut achevé son tour, il revint lance levée, comme il l'avait vu faire, et demanda :

– Seigneur, m'en suis-je bien tiré ? Croyez-vous que mes efforts porteront leur fruit ? Je n'ai jamais rien vu que je désire à ce point. Je voudrais en savoir autant que vous !

Trois fois de suite, le seigneur monta, par trois fois il lui apprit tout ce qu'il savait dans le maniement des armes. Puis il le fit monter trois fois devant lui. À la dernière, il lui dit :

– Ami, si tu affrontes un chevalier, que feras-tu s'il te frappe ?

– Je le frapperai à mon tour.

– Et si ta lance se brisait ?

– Eh bien, il ne me resterait plus qu'à me servir de mes poings !

– Pas du tout, mon ami. Tu irais l'attaquer à l'épée !

Le seigneur lui enseigna alors comment manier l'épée●, pour qu'il sache se mettre en garde en cas d'attaque, ou attaquer lui-même à l'occasion. Puis il lui mit la main à l'épée :

– Ami, c'est ainsi que tu te défendras, si l'on t'assaille.

– Par Dieu, j'en sais déjà beaucoup sur ce point. Chez ma mère, je me suis exercé jusqu'à épuisement à pourfendre coussins ou planches !

● **Au Moyen Âge, on nomme *Nature* l'ensemble des dispositions qu'une personne possède de naissance, avant que l'éducation n'intervienne.**

● **Après avoir appris le nom des armes puis à les enlever, Perceval apprend ici à s'en servir.**

– Rentrons donc maintenant à la maison, dit le seigneur. Tu y seras bien hébergé ce soir.

Et le jeune homme demanda à son hôte :

– Seigneur, ma mère m'a appris à ne pas rester longtemps avec quelqu'un sans savoir son nom. Je veux donc vous demander le vôtre.

– Mon cher ami, je me nomme Gornemant de Goort.

Ils arrivèrent ainsi au château main dans la main. Comme ils montaient les marches, un écuyer accourut pour lui présenter un manteau, afin qu'il ne prît pas froid après s'être donné de l'exercice. La demeure était somptueuse et le service parfait. Le repas fut préparé et présenté avec élégance. Après s'être lavé les mains, ils s'installèrent à table et le seigneur fit manger le jeune homme à côté de lui, dans la même écuelle●. Je n'en dirai pas davantage sur le repas, qui était de grande qualité.

Quand ils eurent quitté la table, le seigneur, qui était très courtois, le pria de rester chez lui tout un mois, et même une année. Il désirait lui enseigner tout ce qu'il savait. Mais le jeune homme lui répondit :

– Seigneur, je ne sais si je suis loin ou près du manoir de ma mère, mais je prie Dieu qu'il me conduise à elle pour la revoir encore. Je l'ai vue tomber évanouie au bout du pont, devant sa porte, et j'ignore si elle est vivante ou morte. C'est le chagrin qu'elle éprouva lors de mon départ qui la fit tomber évanouie. Je partirai demain au lever du jour, car je ne peux demeurer plus longtemps ici sans avoir de ses nouvelles●.

● *Conduire quelqu'un par la main, lui présenter un manteau d'apparat, partager avec lui son écuelle* ou sa coupe : ce sont, au Moyen Âge, des gestes d'hospitalité destinés à honorer un hôte.

● Cette préoccupation témoigne d'une évolution majeure de Perceval.

Le seigneur comprit qu'il était inutile de discuter et ils allèrent se coucher.

Au petit matin, le seigneur se leva et rejoignit le jeune homme dans sa chambre. Il lui fit apporter une chemise et des braies de fine toile de lin, des chausses teintes en rouge et une cotte de soie violette, tissée en Inde.

– Ami, si tu veux me croire, voici les vêtements que tu vas porter.

– Seigneur, vous voulez que je mette ces vêtements ? Ceux que ma mère m'a faits ne sont-ils pas bien meilleurs ?

– Non, mon ami. Je t'assure qu'ils valent bien moins. Ne m'as-tu pas promis, en venant ici, que tu ferais tout ce que je te demanderais ?

– Ainsi ferai-je. Je ne m'opposerai à vous en rien.

Il ne tarda pas à revêtir les vêtements, abandonnant ceux de sa mère. Le seigneur se courba pour lui chausser l'éperon droit : c'était alors la coutume lorsqu'on adoubait un chevalier. Chacun voulut lui donner une pièce de son armement. Gornemant enfin prit l'épée, il la lui ceignit en lui donnant l'accolade● :

– Avec l'épée, je te confère l'ordre de chevalerie, l'ordre le plus élevé que Dieu ait créé, un ordre qui n'admet aucune bassesse.

Puis il ajouta ces paroles, pour l'instruire de ses devoirs :

– Cher frère, souviens-toi bien de ceci : si tu as le dessus dans un combat avec un chevalier et si ton adversaire implore sa grâce, surtout, ne le tue pas : épargne-le ! Garde-toi aussi d'être trop bavard : celui qui ne sait pas tenir sa langue finit toujours par

● **Lors de la cérémonie de l'adoubement, certains gestes essentiels sont réservés au seigneur qui fait un chevalier : *lui chausser l'éperon droit*, lui *ceindre l'épée* et lui *donner l'accolade*.**

dire quelque chose de blâmable●. S'il t'arrive en chemin de trouver quelqu'un dans la détresse, homme ou femme, dame ou demoiselle, viens-lui en aide, tu feras bien. Une dernière chose enfin, mais très importante : entre souvent dans les églises pour prier Dieu le Créateur, afin qu'il ait pitié de ton âme et qu'il te protège en ce monde comme son fidèle chrétien.

– Soyez béni, seigneur, car vous m'avez dit exactement les mêmes choses que ma mère.

– Cher frère, cesse de dire sans arrêt que ta mère t'a appris telle ou telle chose. Je ne te blâme pas de l'avoir fait jusqu'à présent. Mais désormais, je t'en prie, il va falloir t'en corriger : si tu continues, on te prendra pour un fou.

– Et que dois -je dire alors ?

– Tu pourras dire que cet enseignement vient du vavasseur[1] qui t'a fait chevalier.

Le jeune homme lui promit qu'il ferait ainsi, car ce conseil lui semblait bon. Le seigneur fit alors sur lui le signe de croix pour le bénir :

– Que Dieu te protège et te guide sur le chemin que tu prends, car je vois bien que tu es impatient de partir.

1. **Vavassseur** : chevalier de la petite noblesse.

● **Cette recommandation, comme celle faite par sa mère à l'égard des filles, va avoir pour Perceval des conséquences désastreuses parce qu'il va l'appliquer sans l'avoir comprise.**

6

Perceval et Blanchefleur

Le nouveau chevalier quitta donc son hôte, impatient de pouvoir retrouver sa mère, saine et sauve, il l'espérait. Il s'enfonça dans les forêts solitaires, et chevaucha tant qu'il finit par apercevoir un château fortifié et bien situé. Mais tout autour, il ne vit rien que la mer et une terre déserte. Il se hâta vers l'enceinte et se dirigea vers la porte : mais le pont était si fragile qu'il eut peur qu'il ne s'effondre sous son poids. Il parvint cependant à la porte, qui était fermée à clef. Il dut frapper avec force et appeler à voix haute : finalement, ce vacarme fit apparaître à une fenêtre une jeune fille maigre et pâle.

– Qui donc appelle ici ? demanda-t-elle.

Il leva les yeux et aperçut la demoiselle :

– Chère amie, je suis un chevalier et je vous demande l'hospitalité pour la nuit.

– Seigneur, vous l'aurez, mais je crains que vous n'ayez à le regretter. Nous ferons cependant de notre mieux pour vous recevoir.

Elle se retira et bientôt arrivèrent quatre serviteurs ; chacun portait une hache pendue au cou et une épée au côté. Ils déverrouillèrent la porte pour le faire entrer. Ces serviteurs auraient pu avoir belle allure, mais ils étaient dans un état de maigreur et de fatigue incroyable, à force de jeûner et de veiller. Le jeune homme avait vu, à l'extérieur du château●, la terre déserte et inculte. Mais quand il pénétra dans l'enceinte, il vit que l'intérieur ne valait pas mieux. Partout où il allait, les rues étaient vides et les habitations en ruines. Pas un être vivant, homme ni femme. Dans les deux abbayes de la ville, il ne trouva que des religieuses affolées et des moines terrorisés. Les maisons étaient dans un triste état : les murs fendus, les toitures arrachées, elles étaient ouvertes à tous vents. Pas un moulin pour moudre le grain, pas un four pour cuire le pain. Impossible de trouver quoi que ce soit à acheter, pain, galette ou vin. Le jeune homme découvrit ainsi le château dévasté : il ne méritait plus guère son nom de Beaurepaire, car la misère y régnait.

Les quatre serviteurs le menèrent au palais couvert d'ardoises. L'un lui ôta ses armes et le revêtit d'un manteau gris ; un autre conduisit son cheval à l'écurie, mais il n'y avait guère de fourrage à espérer ! Les autres le firent monter jusqu'à une salle qui était extrêmement belle. Deux nobles seigneurs vinrent à sa rencontre, mais on voyait à leurs cheveux blancs et à leur fatigue qu'ils étaient accablés de soucis.

Une jeune fille les accompagnait : c'était Blanchefleur, la châtelaine de Beaurepaire. Elle s'avança, gracieuse et élégante, dans un bliaut[1] de pourpre sombre étoilé d'or et fourré d'hermine. Quant au manteau[2] qui la couvrait, son encolure était bordée de zibeline[3] noire et blanche. Dieu lui avait donné une beauté

1. **Bliaut** : longue tunique portée par les hommes ou les femmes. Fait dans une étoffe luxueuse (plus que la cotte, qui peut être ordinaire), le bliaut est fréquemment doublé de fourrure précieuse (hermine, zibeline, petit-gris).
2. **Manteau** : sorte de grande cape sans manches, c'est un vêtement d'apparat souvent porté à l'intérieur.
3. **Zibeline** : fourrure très précieuse.

● **Le mot *château* désigne souvent, au Moyen Âge, un ensemble plus vaste qu'aujourd'hui : il comprend l'ensemble des habitations regroupées à l'intérieur de l'enceinte fortifiée. La maison du seigneur, au centre, est nommée *tour*, *donjon* ou *palais*.**

incomparable : ses cheveux blonds, dénoués sur ses épaules, brillaient comme de l'or au soleil. Son front était blanc et poli comme de l'ivoire, et ses yeux vifs et riants avaient l'éclat des étoiles. Son visage au teint de rose mêlait le vermeil et le blanc●. Pour ravir le cœur et la raison des hommes, Dieu avait fait d'elle une pure merveille.

À sa vue, le jeune homme la salua, ainsi que les deux chevaliers qui l'accompagnaient. Elle en fit autant, et le prit courtoisement par la main :

– Cher seigneur, notre demeure, ce soir, ne sera pas digne d'un hôte tel que vous. Si je vous disais notre situation réelle, vous croiriez que je veux vous faire fuir. Prenez donc, s'il vous plaît, cet hébergement tel qu'il est, et j'espère que Dieu vous en donnera un meilleur demain.

Blanchefleur l'emmena par la main dans une belle chambre au plafond richement décoré, et lui fit prendre place avec elle sur un lit recouvert de soie brodée. Les voilà donc tous les deux côte à côte. Plusieurs chevaliers les rejoignirent dans la pièce et s'installèrent par petits groupes●. Ils voyaient le jeune homme assis à côté de leur dame, sans dire un mot. En fait, celui-ci se retenait de parler, car il se souvenait de la recommandation de Gornemant. Et les chevaliers présents chuchotaient entre eux :

– Mon Dieu, ce chevalier serait-il muet ? Ce serait grand dommage, car il est fort beau et s'accorde très bien avec notre dame. S'ils n'étaient pas muets tous les deux, ils iraient parfaitement ensemble. Dieu semble les avoir faits l'un pour l'autre.

● Le portrait de Blanchefleur répond aux canons de la beauté médiévale : la jeune fille est blonde, avec un teint pâle, des joues et des lèvres vermeilles.

● Au Moyen Âge, on dort à plusieurs dans la même chambre, voire dans le même lit.

La demoiselle attendait qu'il s'adresse à elle. Mais elle finit par comprendre qu'il ne dirait jamais un mot si elle ne parlait la première. Elle commença donc aimablement :

– D'où venez-vous donc, cher seigneur ?

– Demoiselle, j'ai couché chez un noble vavasseur qui m'a très bien accueilli. J'ignore le nom du château, qui était pourtant fort beau avec ses cinq tours, une grande et quatre petites ; mais je sais bien que ce noble seigneur se nommait Gornemant de Goort.

– Ah ! cher ami, vos paroles courtoises me plaisent infiniment. Vous avez bien raison de parler de sa noblesse. Sachez que je suis sa nièce. Il vous a certainement accueilli avec joie et généreusement, comme il sait le faire. Mais ici, vous ne serez pas reçu comme il se doit, car la famine règne. Pour ce soir, il n'y aura au souper que six miches de pain, qu'un religieux très pieux m'a fait envoyer aujourd'hui. Avec cela, un petit tonneau de vin cuit et un chevreuil qu'un de mes serviteurs a tué d'une flèche ce matin.

Elle ordonna donc qu'on dresse les tables● et ils s'assirent pour dîner ; le repas dura peu, mais ils le mangèrent de bon appétit. Après quoi ils se séparèrent : certains allèrent dormir et d'autres monter la garde. On prépara dans la salle le lit où devait dormir le chevalier. Tout fut fait pour son confort : de beaux draps blancs, une couverture précieuse et un oreiller pour reposer sa tête. Le chevalier, resté seul, s'endormit aussitôt d'un sommeil paisible.

Mais la jeune fille, enfermée dans sa chambre, ne trouvait pas le repos. Pendant que lui dormait en paix, elle se tourmentait, en proie à une bataille qui la faisait s'agiter dans son

● **À l'époque, on dresse spécialement les tables pour les repas : ce sont de larges panneaux que l'on pose sur des tréteaux.**

lit. Finalement, elle prit la décision d'aller parler à son hôte et de lui livrer ses soucis. Elle revêtit sur sa chemise un court manteau de soie pourpre, et elle se lança dans l'aventure, car c'était une femme hardie et courageuse. Ce n'était pas l'amour qu'elle cherchait en venant trouver le jeune homme, mais un ami loyal, prêt à l'aider.

Blanchefleur sortit de sa chambre, tremblant de peur, et s'approcha en pleurant du lit où le chevalier dormait. Elle s'agenouilla à côté de lui, pleurant si fort que ses larmes coulaient sur le visage du jeune homme. Celui-ci s'éveilla, sentant sa face mouillée, et l'aperçut agenouillée devant son lit. Courtoisement, il l'attira à lui et la prit dans ses bras :

– Belle amie, que voulez-vous ? Pourquoi êtes-vous venue ici ?

– Ah ! noble chevalier, pitié ! Pour l'amour de Dieu, ne vous imaginez pas que je cherche à commettre quelque folie en venant vous trouver ainsi, presque nue. Aucune pensée basse et vile n'habite mon esprit. Nulle créature au monde n'est plus infortunée que moi. Chaque jour qui se lève m'apporte le malheur, mais cette nuit est ma dernière nuit de souffrance. Demain sera mon dernier jour, car je me tuerai de ma main. Ma situation est désespérée : j'avais dans ce château plus de trois cents chevaliers, il ne m'en reste plus que cinquante. Les autres ont été tués ou faits prisonniers par le sénéchal de Clamadeu des Îles. Et les prisonniers ont tout à craindre, car Clamadeu est un homme cruel. Quelle douleur pour moi : tant de chevaliers sont morts pour me défendre ! Le château a été assiégé tout un hiver et tout un été ; nos forces n'ont cessé de diminuer et nos vivres sont épuisés. Demain, si Dieu ne nous vient en aide, ce château devra être rendu, et moi avec, comme captive. Je serai livrée à Clamadeu, mais je me tuerai avant. Clamadeu pense m'avoir, mais il ne m'aura jamais que morte, car je garde dans un écrin un couteau d'acier fin que je me plongerai dans le corps !

La malheureuse jeune fille, sur ces mots, allait regagner sa chambre. Mais elle avait semé dans le cœur du jeune homme le désir de livrer bataille pour la défendre, elle et les siens. Il ne voulut pas la laisser partir ainsi :

– Chère amie, séchez vos larmes, ne pleurez plus. Venez vous allonger à côté de moi et reprenez courage. Dieu vous accordera peut-être demain une journée meilleure que vous ne le pensez.

Il la prit contre lui et l'embrassa ; ils passèrent ainsi la nuit côte à côte, dans les bras l'un de l'autre.

7

Perceval sauve Beaurepaire

Au matin, le jeune homme se leva, bien résolu à porter secours à la jeune fille désemparée qui avait demandé son aide :

– Belle amie, lui dit-il, je ne quitterai pas ces lieux sans y avoir ramené la paix. Je vais aller trouver là-dehors votre ennemi et le défier en combat singulier●. Mais si je l'emporte sur lui, je vous demande de m'accorder votre amour en récompense : je ne souhaite pas d'autre salaire.

– Seigneur, il serait bien mesquin de ma part de vous le refuser. Mais je ne veux pas que, pour gagner mon amour, vous alliez mourir pour moi : ce serait un bien grand dommage, car vous êtes trop jeune pour livrer bataille à un chevalier tel que Clamadeu des Îles. Il est grand, fort et solide comme un roc, et vous ne pourrez tenir contre lui.

– C'est ce que vous verrez aujourd'hui même. Je ne renoncerai à ce combat pour rien au monde.

La jeune fille était affligée[1] de le voir courir un tel danger. Toutes et tous, dans le château, le supplièrent de ne pas aller affronter un homme que nul n'avait vaincu jusque-là. Mais le garçon demanda qu'on lui apporte ses armes et qu'on lui ouvre la porte. Les autres l'aidèrent à s'équiper et à monter à cheval, mais tous étaient bien inquiets :

1. **Affligée** : profondément attristée.

● **Dans un *combat singulier*, deux personnes seulement s'affrontent, chacune représentant un des deux camps en présence.**

– Seigneur, que Dieu vous vienne en aide aujourd'hui, et qu'il punisse Clamadeu, qui a dévasté tout ce pays !

Ils l'accompagnèrent ainsi en pleurant jusqu'à la porte de la ville. Quand ceux de l'armée ennemie le virent, ils le montrèrent à leur chef, qui était assis devant sa tente. Clamadeu était bien certain qu'on lui livrerait le château dans la nuit, à moins que quelqu'un ne sortît pour l'affronter en combat singulier. Il était sûr d'avoir conquis le château et le pays tout entier. Quand il vit le jeune chevalier, il se fit armer sur-le-champ, enfourcha un solide cheval et vint l'interpeller :

– Jeune homme, qui t'envoie ici ?

– Et toi, que fais-tu sur cette terre ? Pourquoi as-tu tué tous ces chevaliers et dévasté le pays ?

L'autre répondit, plein d'orgueil et d'arrogance :

– Qu'on vide le château aujourd'hui même, et que la demoiselle me soit livrée ! Voilà ma volonté !

– Maudit sois-tu ! Tu vas devoir changer de discours !

Le jeune homme en eut alors assez et mit sa lance en position. Les adversaires s'élancèrent au galop l'un vers l'autre, sans plus de défi ni de discours. Chacun tenait une lance solide au fer tranchant. Les chevaliers étaient robustes et se haïssaient à mort. Les lances volèrent en éclats et ils se retrouvèrent à terre, désarçonnés. Remontant à cheval aussitôt, ils se précipitèrent l'un contre l'autre, plus féroces que des sangliers. La colère et la rage rendaient terribles les coups d'épée qu'ils se donnaient sur leurs heaumes et leurs écus. Mais, à la fin, Clamadeu tomba au sol, blessé au bras et au côté. Le jeune homme mit pied à terre et courut vers lui, l'épée levée. Il l'aurait bien tué, mais

Clamadeu cria merci●, et le jeune homme se souvint alors de la parole de Gornemant : ne jamais tuer un adversaire vaincu qui demande grâce. Il écouta donc Clamadeu plaider sa cause :

– Ne sois pas cruel, mon ami, au point de me refuser ta grâce ! Je le reconnais solennellement : tu l'as emporté sur moi, car tu es un excellent chevalier. Mais si tu me tues, personne ne voudra croire que tu aies pu me vaincre tout seul, en combat loyal, car je suis un chevalier très réputé. Il vaut donc mieux que tu me laisses la vie, et je pourrai témoigner de ta victoire : on croira en ma parole et ta gloire sera grande. Et si tu as un seigneur à qui tu dois reconnaissance pour un don ou un service, envoie-moi auprès de lui : j'irai me constituer prisonnier et le servirai fidèlement.

– Je ne demande pas mieux. Sais-tu où tu vas aller ? À ce château. Tu te mettras à la merci de la belle jeune fille qui est mon amie, et tu ne chercheras plus jamais à lui nuire.

– Tu veux ma mort, répondit l'autre. Elle m'arracherait la vie si elle me tenait, car j'ai moi-même tué de nombreux chevaliers de son domaine. N'as-tu donc pas un autre ami ?

Alors le jeune homme lui proposa de se rendre chez le noble seigneur Gornemant, qui l'avait reçu dans son magnifique château. Mais reconnaissant ce nom, son adversaire s'écria :

– C'est un lieu plus redoutable encore. Au cours de cette guerre, j'ai tué l'un des frères de ce seigneur. Tue-moi plutôt toi-même, car, si tu m'envoies là-bas, ma mort est assurée.

● *Crier merci* signifie « demander grâce ». La *merci* est, au Moyen Âge, la grâce, la faveur que l'on fait à quelqu'un en l'épargnant. Un combat *sans merci* est sans pitié, féroce. Quand on est à *la merci* de quelqu'un, on dépend de son bon vouloir, de sa faveur.

– Tu iras donc alors, dans l'état où tu es, à la cour du bon roi Arthur. Tu le salueras de ma part et tu te feras présenter la jeune fille que le sénéchal Keu a frappée parce qu'elle avait ri en me voyant. C'est à elle que tu te rendras prisonnier et tu lui diras bien que, s'il plaît à Dieu, je la vengerai de l'affront qu'elle a subi à cause de moi.

Clamadeu accepta toutes ces conditions. Il dut ensuite promettre que, dès le lendemain, avant qu'il ne fasse jour, il ferait libérer tous les prisonniers qu'il retenait dans ses tours. Il jura que, plus jamais, de toute sa vie, ni lui ni son armée ne chercheraient à nuire à la châtelaine de Beaurepaire.

Le chevalier vainqueur s'en retourna au château. Tous les habitants vinrent à sa rencontre pour lui faire fête et l'honorer. Leur seul regret était de ne pouvoir tenir le vaincu :

– Pourquoi, seigneur, ne l'avez-vous pas amené ici ? Pourquoi ne pas lui avoir coupé la tête ?

– Par ma foi, seigneurs, j'aurais mal agi en vous le livrant : il aurait connu ici un triste sort. Quant à le tuer, ç'aurait été une action bien basse, car il m'avait demandé grâce. Je l'ai donc envoyé prisonnier à la cour du roi Arthur. Il ne vous fera plus jamais de mal.

La demoiselle survint alors, plus joyeuse que jamais. Elle l'entraîna dans ses appartements pour qu'il puisse se reposer à son aise. Au lieu de boire et de manger, ils échangèrent baisers et paroles tendres.

Le lendemain se leva un grand vent qui, grâce à Dieu, poussa vers le port trois beaux navires. C'étaient des marchands qui avaient à vendre tout ce qu'on pouvait désirer : pain, vin et jambons salés, bœufs et porcs à abattre, blé en quantité. Ils parvinrent au château à la grande joie des habitants, affamés par le long siège qu'ils avaient subi. Ceux-ci laissèrent éclater leur soulagement :

– Béni soit Dieu qui donna au vent la force de vous amener à bon port ! Soyez les bienvenus !

La joie fut complète dans la cité quand revinrent ceux qui avaient longtemps séjourné dans la cruelle prison de Clamadeu. Toutes les cloches des monastères sonnaient pour remercier Dieu. Tous dansaient par les rues et les places. Le château était en liesse : plus personne pour les attaquer ni leur faire la guerre.

Clamadeu, de son côté, fit route vers Disnadaron, où le roi Arthur tenait sa cour. Quand il entra dans la grande salle, un chevalier le reconnut et s'exclama :

– Seigneurs, voici une aventure extraordinaire ! Celui qui arrive ici, c'est Clamadeu des Îles, que je connais bien, car c'est mon suzerain. Je croyais qu'il était le meilleur chevalier qui pût exister. Mais je vois bien, à l'état où il est, qu'il a trouvé son maître !

Clamadeu se présenta devant le roi :

– Que Dieu protège le roi Arthur, le plus noble roi qui soit au monde ! Écoutez donc, seigneur, le message que j'ai à vous livrer : cela m'est bien pénible, mais je dois reconnaître qu'un chevalier m'a vaincu et m'oblige à me rendre prisonnier à vous. J'ignore son nom, mais ce que je sais, c'est qu'il porte des armes vermeilles et déclare que c'est vous qui les lui avez données.

– Ami, répondit le roi, dis-moi comment il se porte : est-il libre et en bonne santé ?

– Mais oui ! C'est le plus vaillant chevalier que j'aie jamais rencontré. Je dois dire de sa part à la jeune fille qui l'a accueilli en riant qu'il la vengera de Keu et de sa gifle.

Le fou sauta alors de joie.

– Seigneur roi, elle sera cher payée, la gifle : Keu en aura le bras cassé, il ne pourra rien faire pour l'éviter.

Le roi se lamentait, car Keu l'avait privé d'un chevalier remarquable : à cause de sa mauvaise langue, il l'avait éloigné de la cour. On mena donc Clamadeu dans les appartements de la reine. Il la salua, puis il put enfin donner à la jeune fille des nouvelles qui la réjouirent : elle souffrait encore dans son cœur de l'humiliation qu'elle avait subie.

Pendant ce temps, à Beaurepaire, celui qui avait délivré la terre et la jeune fille coulait des jours délicieux avec son amie. Il aurait pu y vivre heureux longtemps, mais un souci le tourmentait : il pensait à sa mère, qu'il avait vue tomber évanouie, et désirait plus que tout aller la voir. Quand il osa finalement demander congé[1] à la jeune fille, elle s'y opposa, et tous ses gens avec. Ils le supplièrent de rester, mais leurs prières ne servirent à rien ; il leur fit seulement une promesse : si sa mère était en vie, il la ramènerait ici avec lui et gouvernerait ce pays. Si elle était morte, il reviendrait également, ils pouvaient en être sûrs.

Quand il quitta la ville, il laissa son amie Blanchefleur dans le plus profond chagrin, ainsi que tous les autres. Pour l'accompagner, il se forma une procession comme pour les plus grandes fêtes : les moines et les religieuses avaient revêtu leurs plus beaux ornements, mais ils étaient plongés dans la peine.

– Seigneur, ne t'étonne pas si nous pleurons : tu nous as sauvés de l'exil et rendu nos maisons, et maintenant, tu veux nous abandonner ! Il est juste que notre douleur soit profonde.

– Mes chers amis, cessez de pleurer. Je reviendrai parmi vous, si Dieu me protège. Il faut bien que j'aille voir ma mère,

1. **Demander congé à quelqu'un** : demander l'autorisation de le quitter.

solitaire dans son manoir de la Forêt Déserte. N'est-ce pas juste ? Je reviendrai de toute façon : si elle est vivante, elle se fera religieuse dans votre monastère, pour mener une sainte vie. Si elle est morte, nous l'enterrerons avec les plus grands honneurs et nous prierons pour que Dieu l'accueille dans son paradis.

Le jeune homme s'éloigna et tous rentrèrent dans la ville.

Le Siège de Derval. Miniature du XIVe siècle extraite des Chroniques de Bretagne *de Pierre Le Baud. BNF, Paris.*

8

Le mystérieux château du Roi Pêcheur●

Le jeune chevalier cheminait, muni de toutes ses armes. Il suivit sa route une journée entière sans rencontrer une créature capable de le renseigner. Mais il ne cessait de prier Dieu, le Père souverain, pour qu'il lui donne de trouver sa mère en vie et en bonne santé, si c'était sa volonté.

Descendant d'une colline, il arriva soudain à une rivière : l'eau était rapide et profonde et il n'osa pas s'y engager.

– Ah, Seigneur Dieu, dit-il, je suis sûr que si je pouvais passer cette rivière, je trouverais ma mère de l'autre côté, si elle est encore en vie.

Il se mit à suivre la rive jusqu'à atteindre une paroi rocheuse qui plongeait dans l'eau, et il ne put plus avancer. Il vit alors un bateau qui descendait le courant, avec deux hommes à bord. Ils arrêtèrent leur barque au milieu de la rivière et jetèrent l'ancre ; celui qui était à l'avant accrocha un appât au bout de sa ligne et se mit à pêcher. Le jeune homme, qui aurait bien voulu trouver un passage, s'adressa à eux en les saluant :

– Seigneurs, dites-moi si sur cette rivière il y a un pont ou un gué[1].

– Non, mon ami, lui répondit l'homme qui pêchait. Vous pouvez me croire, vous ne trouverez ni pont ni gué : il n'y a aucun passage à vingt lieues[2] d'ici, ni en amont ni en aval.

1. **Gué** : endroit où la rivière est peu profonde et où l'on peut la traverser à cheval ou à pied.
2. **Lieue** : unité de distance médiévale, équivalant à environ quatre kilomètres.

● **L'épisode du château constitue le moment clé du roman. Il est aussi le plus mystérieux.**

– Pourriez-vous alors m'indiquer où je pourrais loger ce soir ?

– Je crois en effet que vous en auriez bien besoin. Je vais vous héberger cette nuit. Prenez ce chemin qui grimpe par cette faille dans le rocher, et quand vous arriverez en haut, vous verrez dans un vallon ma demeure, proche de la rivière et de la forêt.

Aussitôt, le garçon s'élança jusqu'au sommet de la colline, mais il ne vit rien, que le ciel et la terre à perte de vue.

– Mais qu'est-ce que je suis venu chercher ici ? Ce pêcheur m'a raconté des histoires, et j'ai eu la sottise de le croire !

Mais voilà que, soudain, sous ses yeux parut, dans un vallon, le sommet d'une tour. Jamais, jusqu'à Beyrouth, vous n'auriez pu en trouver d'aussi belle ! Elle était carrée, parfaitement construite en pierre grise, avec deux tourelles sur les côtés. Sur le devant de la tour s'ouvrait la grande salle, entourée de galeries. Le jeune homme se félicitait maintenant d'avoir rencontré le pêcheur qui lui avait indiqué un si bon gîte[1] !

Il descendit la colline et se dirigea vers la porte. Le pont-levis était baissé et quatre écuyers vinrent à sa rencontre : deux d'entre eux le désarmèrent, le troisième s'occupa de donner de l'avoine à son cheval, et le quatrième lui passa un manteau d'écarlate[2] tout neuf. Quand il entra dans la grande salle, il vit au milieu, assis sur un lit, un beau et noble personnage aux cheveux blancs. Il portait une coiffure de zibeline noire comme mûre, ornée d'étoffe pourpre ; tous ses autres vêtements étaient de même. Il était appuyé sur un coude devant un grand feu de bois sec : autour du foyer, quatre colonnes massives soutenaient la cheminée. La

1. **Gîte** : endroit où l'on peut se loger.
2. **Écarlate** : au Moyen Âge, étoffe précieuse de couleur vive. Aujourd'hui, le mot ne désigne plus que la couleur rouge vif.

salle était de si belle taille que quatre cents hommes auraient pu s'y asseoir à l'aise.

Le seigneur, voyant venir son hôte, le salua :

– Mon ami, ne soyez pas vexé si je ne me lève pas pour vous accueillir. Mon état de santé m'en empêche.

– Par Dieu, seigneur, n'en parlez pas, car je n'en suis point fâché.

Le seigneur tenta malgré tout de se soulever un peu en son honneur, et lui fit place à côté de lui :

– Asseyez-vous ici, et dites-moi d'où vous êtes venu aujourd'hui.

– Seigneur, j'ai quitté ce matin Beaurepaire.

– Mais c'est une étape considérable ! Vous avez dû partir bien avant l'aube● !

– Pas du tout ! La première heure du jour avait déjà sonné, je vous l'assure.

Pendant qu'ils parlaient ainsi, un jeune homme se présenta à la porte de la tour. Il apportait une épée, suspendue à son cou, et il la tendit au noble seigneur. Celui-ci la tira à moitié du fourreau et vit sur sa lame une inscription qui disait à qui elle devait appartenir et où elle avait été forgée. Elle était d'un si bon acier qu'elle ne pourrait jamais se briser, excepté en une occasion, et seul celui qui l'avait façonnée savait laquelle.

Celui qui l'avait apportée livra son message :

– Seigneur, la Blonde Demoiselle, votre nièce qui est si belle, vous envoie ce présent. C'est une épée remarquable : vous la donnerez à qui vous plaira, mais ma dame serait très heureuse

● **L'hôte est stupéfait d'apprendre le trajet de Perceval, comme s'il s'agissait d'un exploit. Pourtant, la réponse du jeune homme prouve que ce n'est pas le cas. Étrange...**

qu'elle soit bien employée. Celui qui forgea l'épée n'en fit jamais que trois et il mourra sans en faire une autre après celle-ci.

Aussitôt, le seigneur la remit au jeune chevalier étranger en la tenant par le baudrier[1], qui valait un trésor. Le pommeau[2] de l'épée était d'or pur, le meilleur d'Arabie ou de Grèce, son fourreau[3] recouvert d'une broderie d'or de Venise. Le seigneur la tendit au jeune homme.

– Cher seigneur, cette épée vous est depuis toujours destinée, et je veux que vous l'ayez. Vous pouvez la ceindre[4] et tirer la lame.

Le chevalier le remercia, ceignit l'épée et la tira nue du fourreau. Quand il l'eut contemplée, il la remit en place. Sachez qu'elle lui allait à merveille : on pouvait être sûr qu'il saurait s'en servir. Voyant un écuyer qui gardait ses armes près de la cheminée, il la lui confia et retourna s'asseoir auprès du seigneur qui lui avait fait un si grand honneur.

La salle était brillamment illuminée de chandelles. Et tandis qu'ils parlaient de choses et d'autres, voici que sortit d'une chambre un jeune homme. Il tenait dans son poing, par le milieu de la hampe[5], une lance étincelante. Il passa entre le feu et ceux qui étaient assis sur le lit. Et tous pouvaient voir la lance et le fer d'une blancheur éclatante : une goutte de sang vermeil jaillissait de la pointe et coulait jusqu'au poignet du jeune homme. Le nouveau venu vit ce prodige, mais il se retint de demander comment cela pouvait se produire, car il se souvenait du conseil de son maître : Gornemant l'avait mis en garde contre tout excès

1 **Baudrier** : large bande de cuir ou d'étoffe portée en travers du corps, permettant de suspendre le fourreau de l'épée.
2 **Pommeau** : poignée de l'épée.
3 **Fourreau** : étui qui contient l'épée.
4 **Ceindre** : passer autour de son corps.
5. **Hampe** : manche en bois d'une lance.

de parole. Il craignit de commettre une grossièreté, c'est pourquoi il ne posa aucune question●.

Là-dessus arrivèrent deux autres jeunes gens très beaux, qui tenaient dans leurs mains des chandeliers d'or ouvragés. Dans chacun d'eux brûlaient au moins dix chandelles. Un graal[1] apparut ensuite, tenu à deux mains par une jeune fille, belle, gracieuse et magnifiquement habillée. Quand elle entra dans la salle avec le graal, une extraordinaire clarté se répandit : les chandelles perdirent leur éclat, comme les étoiles ou la lune quand le soleil se lève. Après elle arriva une autre jeune fille qui portait un tailloir[2] d'argent. Le graal, en tête du cortège, était d'or pur. Il était incrusté de pierres précieuses, les plus belles et les plus rares que l'on pût jamais trouver sur terre ou au fond de la mer : aucune pierre au monde n'aurait pu les surpasser. Tout comme était passée la lance, les jeunes filles passèrent devant le lit et entrèrent dans une autre chambre●.

Et le jeune homme les vit sans oser demander à qui l'on faisait le service du graal : il avait toujours à l'esprit la recommandation du noble et sage seigneur. Mais je crains que ce ne soit une grande erreur : en effet, j'ai souvent entendu dire que trop se taire peut être aussi mauvais que trop parler● ! Toujours est-il qu'il garda le silence.

1. **Graal** : à l'époque, large plat creux (mais le mot est peu utilisé au Moyen Âge).
2. **Tailloir** : plat à découper (*tailler*) la viande.

● **En réfrénant sa curiosité, Perceval commet une erreur que Gauvain corrigera.**

● **Le narrateur ne donne aucune explication au cortège : le mystère reste entier.**

● **Le narrateur intervient dans son récit pour remettre en cause l'enseignement de Gornemant et créer un effet de suspens dramatique.**

Le seigneur commanda aux serviteurs de préparer les tables et de présenter l'eau. Pendant qu'ils se lavaient les mains● avec de l'eau tiède, deux jeunes gens apportèrent une large table d'ivoire. Ils la tinrent jusqu'à ce que deux autres arrivent, portant les tréteaux. Ceux-ci étaient en bois d'ébène, un bois indestructible, dit-on, qui ne peut ni pourrir ni brûler. On posa dessus la table, puis la nappe. Que dire de cette nappe ? Jamais cardinal ni pape n'en eut d'aussi blanche. Le premier plat fut un cuissot de cerf au poivre, cuit dans la graisse. Un écuyer[1] le trancha et leur en présenta les morceaux sur des galettes. Un vin clair et léger l'accompagnait, servi dans des coupes d'or.

Et pendant ce temps-là, le graal passa une seconde fois devant eux, sans que le jeune homme demande à qui on le servait. Il se retenait à cause de son maître qui l'avait gentiment averti de ne pas trop parler : ce conseil était resté présent dans son cœur et dans sa mémoire. Mais il n'aurait pas fallu se taire : à chaque plat que l'on servait, il voyait passer devant lui le graal et brûlait de savoir ce qu'il en était. « Je le demanderai, se dit-il, demain matin, avant de m'en aller, à l'un des serviteurs de mon hôte. »

Ainsi la chose fut-elle remise, et l'on continua à boire et à manger. Le repas fut somptueux, les mets et les vins délicieux. Le seigneur lui fit servir un festin digne d'un roi ou d'un empereur. La soirée se prolongea après le dîner ; pendant qu'ils conversaient, les serviteurs préparaient les lits et l'on apporta les desserts réservés à l'heure du coucher : dattes, figues et noix muscades, girofles et grenades, gelées de fruits au gingembre

1. **Écuyer** : jeune noble au service d'un chevalier.

● **Au Moyen Âge, on se lave toujours les mains avant et après le repas : c'est indispensable puisqu'on mange avec les doigts.**

d'Alexandrie. Avec cela, d'agréables boissons aromatisées : des vins doux, du vin de mûre et des liqueurs limpides. Le jeune Gallois, qui n'avait jamais connu ce luxe, était émerveillé.

– Mon ami, lui dit alors le noble seigneur, il est temps d'aller se reposer. Je m'en irai dormir là-bas dans ma chambre et vous resterez ici comme il vous plaira. Mais il va falloir que l'on me porte, car je ne peux plus me servir de mes membres.

Quatre serviteurs robustes arrivèrent et saisirent par les quatre coins la couverture brodée qui recouvrait le lit ; ils portèrent ainsi le seigneur jusqu'à sa chambre. Resté seul, le jeune homme fut fort bien servi : on l'aida à se déchausser, à se dévêtir et on le coucha dans un lit garni de fins draps de lin blanc.

Il dormit jusqu'au matin. À son réveil, le jour avait déjà pointé. Mais quand il regarda autour de lui, il fut stupéfait : il n'y avait personne●. Il se débrouilla tout seul pour se lever et pour s'habiller, alla chercher ses armes qui l'attendaient au bout de la table, et les revêtit sans aucune aide. Une fois équipé, il se dirigea vers les portes des chambres, qu'il avait vues ouvertes la veille au soir. Mais il les trouva toutes fermées ; il poussa, frappa, appela, sans succès : personne, pas un mot.

Quand il en eut assez, il alla vers la porte de la salle : elle était ouverte. Il descendit l'escalier : en bas, il trouva son cheval sellé, son écu et sa lance appuyés au mur. Il monta à cheval et parcourut les lieux : il n'y avait personne, ni serviteur, ni écuyer, ni chevalier. Il se dirigea tout droit vers la porte du château où le pont-levis était baissé : on le lui avait laissé ainsi pour qu'il puisse partir plus facilement.

● **Autre étrangeté : le château est totalement désert au petit matin. Cela rappelle les châteaux enchantés de certaines légendes celtiques.**

Il se dit que, s'il allait dans la forêt, il rencontrerait les gens du château : ils avaient dû partir à la chasse. Il pourrait trouver quelqu'un qui répondrait à ses questions : pourquoi la lance saignait-elle ? à qui portait-on le graal ? Il se décida donc à passer la porte, mais il n'avait pas encore atteint le bout du pont-levis que déjà celui-ci se soulevait, faisant trébucher son cheval. D'un bond adroit, la bête parvint à se rétablir, mais quand le jeune homme se retourna, il vit le pont relevé.

– Eh là ! Toi qui as relevé le pont, réponds-moi ! Où es-tu ? J'ai des questions à te poser !

Mais c'était en pure perte, car personne ne voulut lui répondre.

9

La jeune fille éplorée

Le jeune homme se dirigea alors vers la forêt et remarqua sur le chemin des traces de sabots. Pensant qu'elles le mèneraient à ceux qu'il cherchait, il les suivit dans le bois. Il aperçut soudain sous un chêne une jeune fille qui criait, pleurait et se lamentait :

– Ah ! Pauvre malheureuse que je suis ! Maudite soit l'heure de ma naissance ! Rien de plus terrible ne pouvait m'arriver : je tiens dans mes bras le corps de mon ami mort. Pourquoi Dieu a-t-il pris son âme ? Je préférerais être morte moi-même ! À quoi me sert de vivre, puisque l'être que j'aimais le plus est mort ?

Elle tenait dans ses bras un chevalier dont la tête était tranchée. Le jeune homme s'avança vers elle et la salua. Mais elle garda la tête baissée, continuant à sangloter.

– Demoiselle, demanda-t-il, qui a tué ce malheureux qui gît sur vos genoux ?

– Cher seigneur, un chevalier l'a tué ce matin. Mais je suis stupéfaite quand je vous regarde : on pourrait chevaucher vingt-cinq lieues dans la direction d'où vous venez sans trouver un endroit où se loger, c'est une chose assurée. Or votre cheval a les flancs rebondis et le poil lustré[1] : on voit qu'il a été bien soigné et qu'il n'a manqué ni de foin ni d'avoine.

– Par ma foi, belle amie, vous ne devez pas bien connaître le pays, car j'ai eu tout le confort possible cette nuit, et dans un lieu très proche d'ici. J'y ai reçu le meilleur accueil.

1. **Lustré** : brillant.

– Ah ! seigneur, avez-vous donc dormi chez le riche Roi Pêcheur ?

– Demoiselle, je ne sais s'il est pêcheur ou roi, mais il est assurément riche et noble. Tout ce que je peux vous dire, c'est que j'ai rencontré deux hommes, hier soir, naviguant dans une barque. L'un des deux pêchait ; il m'a indiqué sa maison et m'a hébergé.

– Oui, seigneur, il est roi, je peux vous l'affirmer. Mais il fut blessé et mutilé dans une bataille, si bien qu'il est infirme : une lance le frappa entre les hanches. Il souffre encore tellement qu'il ne peut plus monter à cheval. Quand il veut se distraire,

il se fait placer dans une barque et va pêcher à la ligne : c'est pour cela qu'on le nomme le Roi Pêcheur. Il n'est plus capable de chasser en forêt ou en rivière, ses hommes le font à sa place. C'est pourquoi il aime résider en ce lieu, où il s'est fait construire une demeure digne d'un puissant roi.

– Demoiselle, par ma foi, tout ceci est vrai. J'ai vu chez lui des choses bien étonnantes. Il m'a fait asseoir à ses côtés et s'est excusé de ne pouvoir se lever pour me saluer.

– Certes, il vous a fait un grand honneur en vous plaçant à côté de lui. Mais, dites-moi, avez-vous vu la lance dont la pointe saigne ?

– Si je l'ai vue ? Oui, par ma foi.

– Et avez-vous demandé pourquoi elle saignait ?

– Je n'ai pas dit un mot.

– Grand Dieu, sachez que vous avez très mal agi. Et avez-vous vu le Graal ?

– Oui, je l'ai bien vu.

– Et qui le tenait ?

– Une jeune fille.

– D'où venait-elle ?

– D'une chambre.

– Et où est-elle allée ?

– Elle est entrée dans une autre chambre.

– Est-ce que quelqu'un précédait le Graal ?

– Oui, deux jeunes gens.

– Et que tenaient-ils dans leurs mains ?

– Des chandeliers garnis de chandelles.

– Et qui venait après le Graal ?

– Une autre jeune fille.

– Et que tenait-elle ?

– Un petit tailloir d'argent.

– Leur avez-vous demandé où ils allaient ainsi ?

– Jamais un mot n'est sorti de ma bouche.

– Grand Dieu, vous ne pouviez faire pire ! Et quel est votre nom, mon ami ?

Et lui, qui avait toujours ignoré son nom, le devina et dit qu'il s'appelait Perceval le Gallois. Il ne savait s'il disait vrai ou non, mais il ne se trompait pas. La jeune fille se dressa alors face à lui, comme prise de colère :

– Perceval le Malheureux ! Ah ! Infortuné Perceval, quelle malchance pour toi de n'avoir pas posé ces questions, car tu aurais pu guérir le roi qui est infirme ! Il aurait pu retrouver l'usage de ses membres et gouverner sa terre en paix. Mais, par ta faute, de grandes souffrances adviendront à toi et aux autres. Sache que cela est arrivé à cause du péché que tu as commis à l'égard de ta mère : elle est morte de chagrin à cause de toi. Je te connais mieux que tu ne me connais, car j'ai été élevée avec toi en son manoir : je suis ta cousine germaine et tu es mon cousin germain. Et je suis affligée que tu n'aies pas demandé ce qu'on fait du Graal et à qui on le porte, tout autant que de la mort de ta mère et de celle du chevalier que j'aimais tant.

– Ah ! cousine, dit Perceval, comment savez-vous que ma mère est morte ?

– Je le sais car je l'ai vue mettre en terre.

– Que Dieu ait pitié de son âme ! dit Perceval. Vous m'avez raconté une bien triste histoire. J'étais parti en quête pour la

Cet interrogatoire est l'occasion de souligner le caractère dramatique du silence du héros.

Dans les romans de Chrétien de Troyes, c'est grâce à ses aventures que le chevalier parvient à la découverte de soi. Cette scène l'illustre bien puisque Perceval connaît désormais son nom.

retrouver, mais à quoi bon, puisqu'elle est déjà mise en terre ? Il me faut maintenant suivre un autre chemin. Mais si vous voulez m'accompagner, nous pouvons partir tous deux ensemble. Il n'y a plus rien à faire pour celui qui est mort, je vous l'assure. Laissons les morts avec les morts, les vivants iront avec les vivants. Ce serait pure folie de rester là, seule avec ce cadavre. Courons plutôt à la poursuite de celui qui l'a tué, et je vous promets que, si je le rejoins, l'un de nous deux devra s'avouer vaincu.

Mais la jeune fille ne pouvait guère apaiser le chagrin de son cœur, ni abandonner son ami. Elle lui indiqua le sentier qu'avait pris le chevalier cruel, qui avait tué celui qu'elle aimait. Puis, voyant l'épée qui pendait à son côté gauche :

– Où avez-vous trouvé cette épée ? Elle n'a jamais servi, ni versé le sang humain. Je sais très bien où elle fut faite et qui la forgea. Mais ne lui faites pas confiance, car elle vous trahira : un jour viendra où, dans un combat, elle volera en éclats.

– Chère cousine, c'est une des nièces de mon hôte qui la lui a envoyée hier soir, et il me l'a donnée. C'est un très beau cadeau. Mais ce que vous dites m'inquiète : comment la faire réparer, si elle se brisait ?

– Il faudrait pour cela trouver la route qui mène au lac de Cotoatre. Là habite un forgeron nommé Trébuchet, qui pourrait la remettre en état en la forgeant à nouveau. Ne laissez aucun autre y mettre la main, il ne saurait réussir à la ressouder.

Alors il s'en alla et elle resta, refusant de quitter le cadavre de celui qu'elle aimait tant.

10

L'Orgueilleux de la Lande

Perceval suivit les traces de sabots le long du sentier, et il finit par trouver le cheval à qui elles appartenaient. C'était un palefroi[1] maigre et fatigué qui avançait péniblement au pas. De toute évidence, il était brisé de fatigue et mal nourri : tout tremblant, les oreilles pendantes, il n'avait que la peau sur les os. Sur son dos, une selle et un harnais dans un état pitoyable.

La jeune fille qui montait le pauvre animal était aussi à plaindre que lui. Elle aurait pourtant été fort belle, si elle n'avait été dans un si triste état. La robe qu'elle portait était en lambeaux, au point que sa poitrine apparaissait par endroits : on avait bien essayé de la raccommoder avec de la ficelle, mais elle tombait en morceaux. La peau de la jeune fille avait été brûlée, tantôt par la chaleur, tantôt par le gel. Les cheveux défaits, elle laissait voir un visage sillonné de larmes●.

Perceval, à cette vue, fut pris de pitié et accourut vers elle. Toute honteuse, elle serra contre elle ses vêtements pour tenter de cacher son corps. Quand le jeune homme la rejoignit, il l'entendit se plaindre douloureusement :

– Mon Dieu, pourquoi m'as-tu laissé la vie ? J'ai enduré les plus grands malheurs sans l'avoir mérité. Envoie-moi, Seigneur, quelqu'un qui m'arrache à cette souffrance, ou bien délivre-moi toi-même de celui qui m'inflige une telle honte. Je ne trouve en

1. **Palefroi** : cheval de promenade ou de voyage, différent du *destrier*, cheval de combat.

● **Au portrait de Blanchefleur s'oppose celui de cette jeune fille maltraitée.**

lui aucune pitié : je ne peux lui échapper, et pourtant il ne veut pas me tuer ! Il doit trouver plaisir à me tourmenter ainsi.

Perceval la salua :

– Belle amie, que Dieu vous protège !

– Seigneur, vous qui m'avez saluée courtoisement, je vous souhaite d'obtenir tout ce que vous désirez, et pourtant, Dieu sait que je ne devrais pas dire cela !

Perceval rougit de honte en entendant ces mots :

– Par Dieu, ma chère amie, pourquoi ce reproche ? Je ne crois pas vous avoir jamais vue, et je n'ai rien fait contre vous.

– Tu as eu tort de me saluer, car personne ne doit le faire. Quand quelqu'un m'aborde ou me regarde, je suis tout angoissée.

Comment Perceval parle à l'amie de l'Orgueilleux de la Lande. Miniature du XIV*e siècle extraite de* Perceval *de Chrétien de Troyes. BNF, Paris.*

– Vraiment, je ne pensais pas avoir mal agi. Quand je vous ai vue en difficulté, pauvre et nue, j'ai voulu savoir pourquoi vous aviez à subir tant de peine.

– Ah, seigneur, pitié ! Taisez-vous et fuyez d'ici ! Laissez-moi en paix.

– Et pourquoi devrais-je m'enfuir, alors que rien ne me menace ?

– Seigneur, ne vous fâchez pas. Fuyez tant que vous le pouvez, car l'Orgueilleux de la Lande ne rêve que de combats. S'il vous trouve ici, il vous tuera. Il suffit que quelqu'un m'arrête, aussitôt sa tête est en danger. Ce matin encore, il a tué un chevalier. Mais avant de le combattre, il faut qu'il raconte à chacun pourquoi il m'impose cette vie misérable.

À ce moment, l'Orgueilleux sortit du bois et se précipita vers eux, rapide comme la foudre, en criant :

– Malheur à toi, qui t'es arrêté pour parler à cette jeune fille ! Sache que ta fin est venue. Mais je ne te tuerai pas avant de t'avoir raconté pour quelle raison elle doit subir cette vie indigne. Voici l'histoire : un jour, j'étais allé chasser, laissant dans ma tente cette demoiselle, que j'aimais plus que tout au monde. Voilà qu'arriva par aventure un jeune Gallois. Je ne sais comment il s'y prit, mais il l'embrassa, de force, m'a-t-elle dit. Mais était-ce bien la vérité ? S'il l'a embrassée malgré elle, n'a-t-il rien fait d'autre ? Je n'arrive pas à le croire : celui qui embrasse une femme ne s'en tient pas là. Celle qui donne sa bouche donne facilement le reste, même si elle fait semblant de résister : en fait, elle veut qu'on la prenne de force. C'est pourquoi je suis persuadé qu'il a couché avec elle. De plus, il a emporté son anneau, un bel anneau que je lui avais offert, et avant de partir, il a bu mon vin et mangé mes trois pâtés. Maintenant, comme tu vois, mon amie doit payer pour sa folie.

J'en ai fait le serment : son palefroi ne sera pas soigné, sa robe ne sera pas changée jusqu'à ce que j'aie vaincu celui qui lui a fait violence. Je ne serai satisfait que lorsque je lui aurai coupé la tête.

Perceval l'avait bien écouté. Il lui répondit sur chaque point :

– Ami, sache-le : elle a dès maintenant fini de payer sa faute. Car c'est moi qui l'ai embrassée malgré elle, et elle en fut très affligée. J'ai pris l'anneau qu'elle avait au doigt, et rien de plus, je peux l'assurer. Quant aux pâtés que j'ai mangés et au vin que j'ai bu, j'aurais été bien sot de les laisser● !

– Par ma tête, dit l'Orgueilleux, tu viens de reconnaître ton crime, c'est incroyable ! Tu as pleinement mérité la mort.

– Ma mort n'est peut-être pas aussi proche que tu le penses !

Alors, sans dire un mot de plus, ils lancèrent leurs chevaux et s'affrontèrent si furieusement que leurs lances volèrent en éclats. Tous deux furent jetés à bas de leurs selles, mais ils se relevèrent aussitôt, tirant l'épée pour se porter des coups terribles. La bataille fut acharnée et féroce. À la fin, l'Orgueilleux dut s'avouer vaincu et demanda grâce. Perceval n'avait pas oublié l'enseignement du noble seigneur.

– Chevalier, lui dit-il, je ne te ferai pas grâce tant que tu n'auras pas fait grâce à ton amie. Elle n'a pas mérité, je peux le jurer, ce que tu lui as fait endurer●.

Et le chevalier jaloux, qui chérissait, en fait, la jeune fille, eut honte de sa folie et répondit :

– Seigneur, je suis prêt à réparer mes torts. Je ferai tout ce qu'elle voudra, car j'ai le cœur bien triste du mal que je lui ai fait.

– Va donc au manoir le plus proche, et fais-lui donner les soins dont elle a besoin. Fais-la baigner et reposer jusqu'à ce que sa

● Après avoir rétabli la vérité, Perceval va tenter de réparer son méfait.

● Perceval évolue puisqu'il est désormais capable de compassion.

santé revienne ; lorsqu'elle sera guérie, prépare-toi à l'emmener, bien vêtue et bien parée, à la cour du roi Arthur●. C'est là en effet que tu iras : tu le salueras de ma part, et tu te mettras à sa merci, dans l'état où tu es maintenant. S'il te demande qui t'envoie, tu lui diras que c'est celui qu'il fit chevalier vermeil sur le conseil de Keu le sénéchal. Il faudra que tu racontes devant tout le monde les tourments injustes que tu as infligés à cette demoiselle. Toute la cour l'entendra, et particulièrement, parmi les suivantes de la reine, une jeune fille à qui je dois beaucoup. À cause du bel accueil qu'elle m'avait fait en riant de joie, elle reçut de Keu une gifle telle qu'elle en resta tout étourdie. Tu chercheras cette demoiselle, et tu lui diras que je ne mettrai pas les pieds à la cour du roi Arthur sans l'avoir vengée.

Le chevalier promit de faire tout ce qu'il lui avait ordonné. Il irait à la cour d'Arthur aussitôt que la demoiselle serait guérie. Il proposa aussi à son vainqueur de séjourner chez lui pour reprendre des forces et faire soigner ses blessures. Mais Perceval préférait continuer sa route et refusa son offre.

Le soir même, le chevalier fit soigner et reposer son amie. Quand sa beauté fut revenue et qu'elle fut parée de magnifiques vêtements, ils se mirent en route vers Carlion, car c'était là que le roi Arthur séjournait. Devant toute la cour rassemblée, trois mille chevaliers de grande valeur, il vint se constituer prisonnier. Accompagné de sa demoiselle, il se présenta devant le roi.

– Seigneur, dit-il, je me rends prisonnier et je suis à votre disposition pour tout ce que vous voudrez. Ainsi me l'a ordonné le jeune homme qui reçut de vous les armes vermeilles !

● **Perceval n'est pas seulement un preux chevalier, il a aussi le souci des autres : il tente de rapprocher l'Orgueilleux et son amie.**

– Débarrassez-vous de vos armes et mettez-vous à l'aise, cher seigneur. Que Dieu bénisse et comble de joie celui qui vous a confié à moi. Soyez le bienvenu ! À cause de lui, vous serez apprécié et honoré dans ma demeure.

– Seigneur, j'ai encore autre chose à dire. Avant d'ôter mon armure, je dois livrer un message à la reine et à ses demoiselles. Qu'elles viennent entendre ces nouvelles, et tout particulièrement la jeune fille qui reçut une gifle pour avoir osé rire.

Le roi fit venir la reine qui se présenta avec toutes ses demoiselles, qui l'escortaient en se tenant par la main, deux par deux.

– Noble reine, dit l'Orgueilleux, je vous apporte les salutations d'un chevalier que j'estime beaucoup et qui m'a vaincu par les armes. Il vous confie mon amie, la jeune fille que vous voyez avec moi.

La reine le remercia et le chevalier conta l'indignité et la honte qu'il lui avait fait subir. Sans rien cacher, il avoua tout, et même les raisons qui l'avaient fait agir ainsi. Après quoi, on lui montra la jeune fille que Keu avait frappée, et il lui dit :

– Demoiselle, celui qui m'a envoyé ici m'a ordonné de vous saluer et de vous faire connaître son serment : il n'entrera pas à la cour du roi Arthur avant de vous avoir vengée de la gifle que vous avez reçue à cause de lui.

Le fou fit une cabriole de joie.

– Seigneur Keu, vous allez payer votre dette, et bientôt !

Le roi prit alors la parole :

– Ah, Keu, tes moqueries m'ont privé d'un excellent chevalier. À cause de ton manque de courtoisie, je crains bien de ne jamais le revoir !

Le roi fit asseoir le chevalier prisonnier et le fit désarmer. Il le dispensa de toute captivité. Monseigneur Gauvain, qui se tenait à la droite du roi son oncle, lui demanda :

– Seigneur, comment est-il possible que ce jeune homme ait vaincu un chevalier tel que celui-ci ? Dans toutes les Îles de la Mer, je n'ai jamais connu personne qui puisse surpasser l'Orgueilleux de la Lande !

– Cher neveu, je ne le connais guère, et pourtant je l'ai vu. Il m'a demandé de le faire chevalier sur-le-champ. Je l'ai trouvé beau et bien fait, et j'étais tout disposé à lui faire apporter une armure toute dorée. Mais lui a refusé net : il ne voulait rien d'autre que l'armure vermeille du chevalier qui venait de me défier, en emportant ma coupe d'or. Et Keu, désagréable comme toujours, lui a dit méchamment : « Eh bien, va donc les chercher, ces armes ! Le roi te les donne, à condition que tu ailles les prendre ! » Le garçon n'a pas compris la plaisanterie, il a cru que le sénéchal parlait sérieusement : aussitôt, le voilà parti à la poursuite du Chevalier Vermeil. Je ne sais pas exactement comment s'est passée la dispute, mais l'autre l'a frappé de sa lance brutalement et le jeune homme a répondu en lui envoyant son javelot dans l'œil. Il l'a donc tué et a pris son armure vermeille. Par la suite, il m'a parfaitement servi en m'envoyant des prisonniers de grande valeur, que vous pouvez voir ici : Clamadeu des Îles et l'Orgueilleux de la Lande. Par Monseigneur saint David que l'on prie au pays de Galles, je jure de partir à sa recherche où il le faudra, sur terre et sur mer : je ne coucherai pas deux nuits de suite au même endroit, tant que je ne l'aurai pas trouvé !

Aussitôt que le roi eut prêté ce serment, toute la cour comprit qu'on allait se mettre en route. Vous auriez vu entasser dans les malles draps, couvertures et oreillers, préparer les tentes, charger les charrettes, harnacher les chevaux ! Le roi partit de Carlion avec tous ses barons. La cour au grand complet, dames et demoiselles comprises, le suivit pour lui faire honneur. Ils s'établirent le soir même dans une prairie, à la lisière de la forêt.

11

Perceval retrouve la cour d'Arthur

Cette nuit-là, la neige tomba, car la contrée[1] était très froide. Perceval s'était levé de bon matin, comme à son habitude, car il était en quête d'aventures et de prouesses. Tout était encore couvert de givre et de neige, quand il parvint à la prairie où campait l'armée du roi. Mais avant d'arriver aux tentes, il vit passer dans le ciel une bande d'oies sauvages que la neige avait éblouies. Il suivait des yeux leur vol, quand soudain un faucon les prit en chasse. L'oiseau de proie réussit à isoler une oie et l'attaqua si bien qu'elle tomba à terre. Mais il était trop tôt ; il abandonna sa proie et s'enfuit. Perceval se hâta vers l'endroit où l'oiseau était tombé. L'oie sauvage était blessée au cou, et elle laissa couler trois gouttes de sang qui se répandirent sur la neige blanche. La blessure n'était pas grave, et avant que le jeune homme arrive, elle s'était déjà envolée pour rejoindre ses compagnes.

Quand Perceval vit la neige foulée et le sang qu'elle avait laissé, il s'appuya sur sa lance pour contempler cette image : car le sang sur la neige lui rappelait les fraîches couleurs du visage de son amie Blanchefleur. Il entra dans une profonde rêverie●, songeant à ses joues rosées, où le vermeil se mêlait

1. **Contrée** : région.

● **Perceval apparaît ici comme un *fin'amant*, c'est-à-dire un amant parfait qui suit les règles de l'amour courtois (*fin'amor*) : il est en effet capable d'aimer de loin. Voir page 139.**

au blanc, tout comme ces trois gouttes de sang sur la neige blanche.

Perceval passa le petit matin à rêver sur ces gouttes, jusqu'au moment où des écuyers sortirent des tentes et, le voyant immobile, crurent qu'il sommeillait. Le roi dormait encore et les jeunes gens rencontrèrent devant la tente royale Sagremor, qui était appelé le Déréglé, à cause de son caractère impétueux.

– Seigneur, nous venons d'apercevoir, en dehors du camp, un chevalier qui sommeille sur son destrier !

– Est-il armé ?

– Ma foi, oui.

– Je vais lui parler et l'emmener à la cour.

Aussitôt, Sagremor courut vers la tente du roi et l'éveilla :

– Seigneur, il y a là-bas, sur la lande, un chevalier qui sommeille.

Le roi lui commanda d'aller le chercher et de l'amener à lui. Sagremor, sur-le-champ, se fit armer et réclama son cheval. Équipé de toutes ses armes, il se dirigea vers le chevalier.

– Seigneur, il vous faut venir à la cour !

Perceval resta immobile : il ne l'avait pas entendu. L'autre répéta son message, et comme il ne recevait toujours pas de réponse, il se mit en colère et s'écria :

– Par l'apôtre saint Pierre, vous y viendrez, de gré ou de force !

Il s'élança alors sur lui, lance baissée, en lui criant de se mettre en garde. Perceval, tiré de sa rêverie, lui fit face. Le choc fut rude, mais la lance de Sagremor se brisa contre l'écu de Perceval, tandis que celui-ci le frappait avec une force telle qu'il l'abattit à terre. Le cheval aussitôt prit la fuite vers le camp. Si certains s'inquiétèrent en le voyant sans cavalier, Keu ne put retenir sa mauvaise langue et dit au roi :

– Seigneur, voilà Sagremor ! Il vous ramène le chevalier, contre son gré, bien sûr !

– Keu, dit le roi, vous avez tort de vous moquer d'un chevalier très vaillant. Allez-y donc, et nous verrons si vous faites mieux que lui.

– Seigneur, je suis ravi de vous obéir. Puisque c'est votre désir, je vous le ramènerai sans faute, qu'il le veuille ou non ; je le forcerai bien à dire son nom !

Il se fit armer convenablement et s'élança vers celui qui avait repris sa rêverie ; le jeune homme était tout à sa contemplation des trois gouttes de sang, et il ne se souciait de rien d'autre.

Keu lui cria de loin :

– Holà ! Vassal ! Venez vous présenter au roi ! Vous allez venir, ou bien vous le payerez cher !

Perceval, s'entendant menacer, tourna la tête de son cheval et piqua des éperons. Ils s'affrontèrent violemment, car chacun avait à cœur de faire de son mieux. Keu frappa de toutes ses forces et brisa sa lance en miettes. Quant à Perceval, il n'hésita pas : il le heurta si rudement en haut de son écu qu'il l'abattit sur un rocher. Puis, débarrassé de son adversaire, il retourna à ses pensées.

Ainsi se réalisait la prédiction du fou. Keu était dans un triste état : sa clavicule était déboîtée et son bras brisé entre le coude et l'épaule, comme une branche sèche. Il tomba à terre évanoui, et son cheval revint au grand galop vers les tentes. À sa vue, tous s'inquiétèrent et partirent à sa recherche. Quelle désolation quand ils le retrouvèrent ! Le roi Arthur eut beaucoup de chagrin, car il aimait fort le sénéchal. Il lui envoya son meilleur médecin, qui lui remit en place la clavicule et lui immobilisa le bras pour qu'il puisse se ressouder. Après l'avoir bien réconforté, on le porta dans la tente royale.

Monseigneur Gauvain était auprès du roi :

– Seigneur, il n'est pas normal qu'un chevalier ose en arracher un autre à ses pensées : c'est ce que vous avez vous-même toujours dit. Sagremor et Keu ont eu tort de le faire, et mal leur en a pris. Ce chevalier songeait peut-être à la perte d'un être aimé ou d'une amie chère à son cœur : il était donc en proie au tourment. Avec votre accord, j'irai vers lui voir comment il se comporte, et, s'il n'est plus absorbé dans ses pensées, je le prierai de venir vous trouver.

À ces mots, Keu laissa éclater sa colère :

– Ah ! Monseigneur Gauvain, vous allez nous l'amener par la main ! C'est ainsi que vous vous y prenez : quand le chevalier est déjà bien fatigué par le combat qu'il a soutenu contre les autres, vous vous posez en homme sage, capable d'obtenir sa reddition. Vous serez aimable et poli : aucune parole blessante, pas une méchanceté ! Pour cette mission, vous pouvez vous présenter en tunique de soie : vous n'aurez pas besoin de briser une lance ou de tirer l'épée ! Par vos beaux discours, vous saurez le caresser comme on caresse un chat, et tout le monde dira : « Monseigneur Gauvain a remporté une rude bataille ! »

– Seigneur Keu, vous pourriez être plus aimable ! Ce n'est pas la peine de passer sur moi votre mauvaise humeur. Oui, mon cher ami, je vais le ramener, ce chevalier, et sans bras cassé ni clavicule démise !

– Allez donc, cher neveu, dit le roi. Vous avez parlé, comme toujours, en chevalier courtois●. Toutefois, prenez vos armes : le contraire serait imprudent.

● Un chevalier *courtois* doit faire preuve des qualités morales et sociales qui le rendent digne de vivre à la cour : générosité, noblesse, politesse, mesure, respect des autres et en particulier des femmes.

Gauvain, le meilleur d'entre tous les chevaliers d'Arthur, se fit armer et enfourcha son cheval. Il se dirigea tout droit vers le chevalier pensif. Perceval ne se lassait pas de contempler les gouttes de sang, mais le soleil s'était levé : déjà deux d'entre elles avaient fondu avec la neige, et la troisième allait s'affaiblissant. Perceval sortait de sa rêverie quand Gauvain s'approcha, tout doucement, au pas, pour le saluer :

– Seigneur, je suis le messager du roi : il vous prie de venir lui parler.

– Il y en a déjà eu deux qui voulaient m'emmener comme prisonnier. Plus grave, ils m'arrachaient à ma joie, car j'étais captivé par une pensée qui me charmait. Devant moi, ici même, il y avait sur la neige blanche trois gouttes de sang vermeil : il me semblait voir les fraîches couleurs du visage de mon amie.

– Certes, c'étaient là des pensées nobles et douces à votre cœur. Celui qui voulait vous en arracher s'est montré bien fou et arrogant. Mais, maintenant, j'aimerais connaître votre désir : voulez-vous venir à la cour du roi ?

– Dites-moi donc d'abord, mon cher ami, si Keu le sénéchal s'y trouve.

– Ma foi, il y est, assurément ! Sachez que vous lui avez brisé le bras droit et déboîté la clavicule !

– Je l'ai donc bien vengée, la jeune fille qu'il a frappée !

À ces mots, Monseigneur Gauvain tressaillit de surprise :

– Seigneur, par Dieu, c'est vous et nul autre que le roi cherche ! Comment vous appelez-vous ?

– Perceval, seigneur. Et vous ?

– Seigneur, sachez qu'on me nomme Gauvain.

– Gauvain ?

– Oui, à la vérité.

Perceval était ravi.

– Seigneur, j'ai souvent entendu parler de vous, et je rêvais de vous rencontrer. J'aimerais vous connaître mieux, si vous le voulez bien.

– J'en serais tout aussi heureux, dit Gauvain. M'accompagnerez-vous chez le roi ?

– Je serais fier d'être votre compagnon●.

Ils tombèrent dans les bras l'un de l'autre, puis, tout joyeux, se dirigèrent vers le campement. Des écuyers, voyant la scène, coururent prévenir le roi de leur arrivée :

– Seigneur, seigneur, voici Monseigneur Gauvain qui amène le chevalier. Ils semblent s'entendre à merveille !

Tout le monde se réjouissait, mais Keu ne put s'empêcher de dire ce qu'il avait sur le cœur :

– Voilà Monseigneur Gauvain couvert de gloire ! Il revient vainqueur d'une bataille où il n'a reçu ni donné aucun coup. C'est ainsi qu'on dira qu'il a réussi là où nous avons tous échoué !

Monseigneur Gauvain invita Perceval à venir se désarmer dans sa tente. Un chambellan[1] lui présenta de superbes vêtements : une cotte et un manteau qui lui allaient parfaitement. Main dans la main, ils allèrent tous deux trouver le roi, assis devant sa tente.

– Seigneur, fit Gauvain, je vous amène celui que vous souhaitiez tellement voir depuis quinze jours : c'est le chevalier dont vous étiez en quête. Je vous le remets, le voici.

– Cher neveu, soyez-en grandement remercié. Le roi se leva pour accueillir Perceval :

1. **Chambellan** : personne chargée du service de chambre d'un seigneur (préparer ses vêtements, son lit).

● **L'amitié vient de naître entre Gauvain et Perceval, deux chevaliers désormais égaux et en prouesses et en courtoisie.**

– Soyez le bienvenu, cher seigneur ! Je vous en prie, dites-moi comment je dois vous appeler ?

– Par ma foi, cher seigneur roi, je ne vous le cacherai pas : j'ai pour nom Perceval le Gallois.

– Ah ! Perceval, mon cher ami, j'espère que vous allez rester à ma cour. J'ai été désolé, la première fois où je vous vis, de n'avoir pas prévu l'avenir glorieux qui vous était destiné. Et pourtant, deux personnes à ma cour l'avaient bien prédit : la jeune fille et le fou, que frappa Keu le sénéchal. Et vous avez réalisé, d'un bout à l'autre, leur prophétie ! Vos exploits m'ont été contés, personne ne peut en douter.

La reine arriva alors, car elle avait appris la nouvelle de sa venue. Perceval alla aussitôt à sa rencontre pour la saluer :

– Que Dieu donne joie et honneur à la plus belle et la meilleure de toutes les dames !

– Et vous, soyez le bienvenu, répondit la reine. Vous avez fait la preuve d'une vaillance exceptionnelle.

Perceval put ensuite saluer la jeune fille qui avait ri en son honneur :

– Belle amie, si vous en avez besoin, je serai le chevalier qui ne manquera jamais de vous aider.

Le roi, la reine et les barons firent une fête magnifique en l'honneur de Perceval le Gallois. Ils l'emmenèrent le soir même à Carlion, et les réjouissances se prolongèrent durant trois jours●.

● **Un cycle d'aventures s'achève : Perceval, devenu chevalier, a vengé la demoiselle qui a ri. Il reste cependant une part d'inaccompli : la résolution de l'énigme du Roi Pêcheur.**

12

La Demoiselle Hideuse

Le troisième jour de la fête, on vit arriver à la cour une demoiselle montée sur une mule fauve et tenant dans sa main droite un fouet.

Je dois vous faire un portrait de cette demoiselle, tel que le rapporte le livre où j'ai trouvé cette histoire. Sa chevelure était tordue en deux grosses tresses noires. Son cou, son front, ses mains avaient la couleur du fer. Ses dents, celle du jaune d'œuf. Ses yeux ? deux petits trous ronds pas plus gros que les yeux d'un rat. Son nez était celui d'un singe ou d'un chat et ses lèvres celles d'un âne ou d'un bœuf. Avec cela, barbue comme une chèvre et bossue par-devant et par-derrière. Quant à ses jambes, elles étaient tordues comme des baguettes d'osier, bien faites pour mener la danse ! Jamais vous n'auriez trouvé un tel prodige de laideur, même en enfer !

Elle s'avança devant le roi. La cour n'avait jamais vu un être aussi hideux. Elle les salua tous, le roi et ses barons, à l'exception de Perceval. À lui elle dit, du haut de sa mule fauve :

– Ah ! Perceval, maudit soit qui te salue ou qui te souhaite du bien ! Tu l'as rencontrée, ta chance, et tu ne l'as pas saisie ! Tu es

La *mule* résulte du croisement d'un âne et d'une jument. C'est une monture surtout destinée aux dames, pour voyager ; elle est moins noble que le palefroi.

Le portrait de la Demoiselle Hideuse s'oppose en tout point à celui de Blanchefleur.

Le narrateur fait de la Demoiselle Hideuse un personnage diabolique. Au Moyen Âge, le laid est toujours associé au mal. Ainsi, une femme laide pouvait être accusée de sorcellerie sans aucune preuve.

entré chez le Roi Pêcheur, tu as vu la lance qui saigne, mais tu n'as pas ouvert la bouche : c'était trop pénible pour toi ! Tu n'as pas été capable de demander pourquoi cette goutte de sang jaillit à la pointe du fer étincelant ! Et le Graal, que tu as vu, tu n'as posé aucune question pour savoir à qui l'on en faisait le service !

« Malheur à celui qui rencontre la plus belle occasion qui soit, et qui en attend une autre meilleure ! C'est toi, misérable, qui as vu que c'était le moment de parler et qui as gardé le silence. Quel malheur que ce silence ! Si tu avais posé ces questions, le bon roi, si affligé, serait maintenant guéri de sa blessure et pourrait gouverner paisiblement sa terre. Les conséquences de cette infirmité seront terribles : bien des chevaliers mourront, les dames perdront leur mari, les jeunes filles, privées de toute aide, deviendront orphelines, et les terres seront dévastées. Le royaume entier deviendra une Terre Gaste[1] : tous ces malheurs arriveront par ta faute● ! »

La Demoiselle Hideuse se tourna alors vers le roi :

– Roi, je m'en vais, si vous le permettez. Je dois en effet loger ce soir loin d'ici. Je ne sais si vous avez entendu parler du Château Orgueilleux : c'est là qu'il me faut aller. Dans ce château, il y a bien cinq cent soixante-six chevaliers de grande valeur, tous accompagnés de leurs amies, des dames nobles et ravissantes. Sachez que, là, tout chevalier aura l'occasion de s'illustrer : quiconque est en quête d'exploits chevaleresques en trouvera à sa mesure. Mais celui qui voudrait remporter le prix sur tout le monde, je crois savoir l'endroit où il pourrait le conquérir, s'il l'osait : sur la colline de Montesclaire, il y a une demoiselle

1. **Terre Gaste** : terre dévastée et stérile. Dans les légendes celtiques, cet état est souvent lié à une blessure du roi ou à une malédiction.

● **En accusant violemment Perceval de négligence, la Demoiselle Hideuse relance une série d'actions.**

assiégée. Celui qui parviendrait à lever le siège et à délivrer la jeune fille aurait conquis toute la gloire du monde !

La demoiselle se tut alors : elle avait livré son message et elle repartit sans en dire davantage.

Monseigneur Gauvain bondit sur ses pieds et déclara qu'il ferait tout son possible pour porter secours à la demoiselle de Montesclaire. Girflet, fils de Do, parlant à son tour, dit qu'il irait combattre au Château Orgueilleux.

– Et moi, dit Kahedin, je gravirai le Mont Douloureux, je ne m'arrêterai pas avant !

Mais Perceval, lui, parla tout autrement :

La laide demoiselle sur sa mule devant Gauvain. Miniature du XIVe siècle extraite de Perceval *de Chrétien de Troyes. BNF, Paris.*

– Je rechercherai sans me lasser les aventures les plus dangereuses. Jamais je n'entendrai parler d'un passage difficile sans aller le passer, ni d'un chevalier redoutable sans aller l'affronter, tant que je n'aurai la réponse à mes questions. Jamais je ne coucherai deux nuits de suite dans la même demeure, avant de savoir à qui l'on sert le Graal et pourquoi la lance saigne. Voilà le serment que je fais.

Et il y avait bien là cinquante chevaliers : tous se levèrent et se jurèrent de partir en quête des aventures les plus redoutables, dans les contrées les plus étranges et les plus périlleuses.

Tandis qu'ils se préparaient et s'équipaient, voici qu'entra dans la salle un chevalier nommé Guingambrésil, portant un écu d'or barré d'une bande d'azur. Il reconnut le roi et le salua comme il le devait, mais il ne salua pas Gauvain. Il l'accusa de traîtrise en ces termes :

– Gauvain, tu as tué mon seigneur et tu l'as frappé sans l'avoir auparavant défié. La honte et le blâme sont sur toi : je t'accuse donc solennellement de trahison. Que tous ces barons sachent bien que je n'ai pas menti d'un seul mot.

À cet instant, Monseigneur Gauvain se leva d'un bond, rempli de honte, et Agravain l'Orgueilleux, son frère, se dressa à son tour :

– Par Dieu, cher seigneur, dit-il à son frère, ne déshonorez pas notre lignage en répondant vous-même à cette accusation. Laissez-moi laver cette injure en vous défendant.

– Frère, répondit Gauvain, je ne laisserai à personne le soin de laver mon honneur : c'est moi qui suis accusé, c'est moi qui assurerai ma défense. Si je savais avoir causé du tort au chevalier, je lui demanderais de faire la paix, et je proposerais très volontiers

Perceval fait là un serment qui va l'entraîner vers une nouvelle quête.

Un combat loyal est toujours précédé d'un *défi*, au cours duquel sont exposés les motifs de l'attaque.

Au Moyen Âge, la trahison est un délit très grave.

une réparation que tous jugeraient équitable. Mais son insulte dépasse les bornes et je me défendrai par les armes, où il lui plaira : je m'y engage.

Guingambrésil affirma qu'il ferait la preuve de cette ignoble trahison dans quarante jours, devant le roi d'Escavalon.

– Et moi, dit Gauvain, je promets de m'y rendre dès maintenant, et nous verrons bien qui est dans son bon droit.

Aussitôt, Guingambrésil partit. Quant à Monseigneur Gauvain, il se prépara au départ sans attendre. Tous lui proposèrent leurs meilleures armes : écus, lances, heaumes, épées ; Gauvain les refusa toutes et n'emporta que les siennes. Il emmena avec lui sept écuyers, sept destriers et deux écus.

Vous auriez entendu les lamentations de la cour ! On pleurait à chaudes larmes, on se frappait la poitrine, on s'arrachait les cheveux ! Pas une dame qui ne se désolât ! Monseigneur Gauvain s'en allait : tout le monde laissait éclater sa douleur.

Mon récit va maintenant se consacrer longuement à Gauvain, et vous ne retrouverez Perceval que bien après.

Ce qui se met en place ici, c'est un *duel judiciaire* : quand il est impossible de résoudre un grave conflit, les adversaires se mettent d'accord pour défendre leur cause par les armes ; ils fixent un jour pour se battre et choisissent un arbitre qui assurera un combat loyal (ici, le roi d'Escavalon). Celui qui gagne fait la preuve de son bon droit.

L'originalité du récit tient à ce changement de héros.

13

La Demoiselle aux Petites Manches

Monseigneur Gauvain prit donc la route vers Escavalon. Il croisa tout d'abord sur une lande un groupe de chevaliers, puis un écuyer qui menait de sa main droite un cheval espagnol.

– Mon ami, dis-moi, qui sont ceux qui viennent de passer par ici ?

– Seigneur, c'est Méliant de Lis, un chevalier vaillant et hardi.

– Et sais-tu où il se dirige ?

– Il va à un tournoi qu'il doit livrer contre Tiébaut de Tintagel.

– Mais comment est-ce possible ? N'a-t-il pas été élevé dans la maison de Tiébaut, le vassal de son père ?

– Oui, seigneur, c'est tout à fait exact. Son père était le suzerain de Tiébaut, et il l'appréciait beaucoup : il lui a donc, avant de mourir, confié son fils à éduquer. Méliant fut élevé par lui avec beaucoup d'affection, jusqu'au jour où il s'éprit d'une fille de Tiébaut et lui demanda son amour. Mais la jeune fille lui répondit qu'il lui faudrait d'abord le mériter par ses exploits. Elle lui imposa d'organiser un grand tournoi contre son père : elle veut s'assurer, en le voyant jouter et manier les armes devant elle, que son amour sera bien placé. Le seigneur de Tintagel a donc accepté

Il est d'usage, pour un noble, d'envoyer son fils faire son éducation de chevalier auprès d'un autre seigneur, allié, parent ou vassal de confiance.

Au XIIe siècle, la forme la plus courante de tournoi consistait à simuler l'assaut donné à une ville fortifiée. C'était un combat entre deux camps : « ceux du dedans » (ici Tiébaut de Tintagel) contre « ceux du dehors » (Méliant de Lis et ses compagnons).

ce tournoi contre Méliant de Lis. Vous devriez les rejoindre et tâcher de vous illustrer dans ce combat.

Gauvain poursuivit sa route en direction de Tintagel, car il n'y avait pas d'autre chemin. Arrivé au pied de la tour, il entra dans un pré avec tout son équipage, chevaux, lances, écus. Il mit pied à terre sous un chêne.

Pendant ce temps, dans la ville, on se préparait au tournoi. Les dames et les demoiselles montèrent s'asseoir tout en haut de la tour, d'où elles pourraient le mieux observer la joute. Elles virent alors en bas, dans le pré, Monseigneur Gauvain avec tout son équipage.

– Eh bien, ce chevalier a tant d'armes et de destriers qu'il y en aurait assez pour deux ! Que fera-t-il de ses deux écus ?

La fille aînée de Tiébaut était montée au sommet de la tour, avec sa sœur cadette. Celle-ci portait des manches fort élégantes, si étroites qu'on les aurait dites peintes sur ses bras : pour cette raison, on l'appelait la Demoiselle aux Petites Manches. Avec les deux jeunes filles, toutes les dames s'étaient rassemblées. Aussitôt, le tournoi se mit en place devant le château. Aucun chevalier n'avait plus fière allure que Méliant de Lis, et son amie faisait son éloge aux dames qui l'entouraient :

– Vraiment, mesdames, jamais un chevalier ne m'a plu autant que Méliant de Lis. N'est-ce pas un plaisir de le voir ?

– Croyez-vous ? lui dit sa sœur, assise à côté d'elle. Le chevalier dans le pré me semble plus beau encore.

L'autre, en colère, voulut la frapper, mais les dames l'en empêchèrent.

Puis le tournoi commença : on y brisa plus d'une lance, on y porta de grands coups d'épée, et bien des chevaliers furent jetés au sol. Mais sachez que ceux qui durent jouter avec Méliant de

Lis le regrettèrent, car il se battait mieux que tous les autres. Son amie, folle de joie, ne put se retenir :

– Mesdames, regardez ce spectacle extraordinaire ! Ce jeune homme est le meilleur que vous ayez jamais pu voir ! Il est plus beau et plus fort que tous !

– Moi, j'en vois un meilleur encore, répliqua la petite.

L'aînée se jeta sur elle, enflammée de colère.

– Petite garce[1], comment osez-vous critiquer quelqu'un que j'admire ? Prenez donc cette gifle et réfléchissez-y à deux fois !

Elle la frappa si violemment que ses cinq doigts en furent imprimés sur son visage. Les dames la blâmèrent et lui ôtèrent la petite des mains. Puis, observant à nouveau Monseigneur Gauvain, elles reprirent leurs remarques :

– Mon Dieu, ce chevalier sous le chêne, qu'attend-il pour s'armer et participer au tournoi ?

– Il a dû faire vœu de paix !

– C'est un marchand, dit la troisième. En fait, tous ces chevaux, il les mène pour les vendre.

– Vraiment, répliqua la petite, vous êtes de mauvaises langues. Croyez-vous qu'un marchand aurait de si grosses lances avec lui ? C'est un chevalier, il en a bien l'air.

Mais les dames répondirent en chœur :

– Il en a peut-être l'air, mais il ne l'est pas ! Il s'en donne l'apparence pour éviter de payer les péages dont doivent s'acquitter les marchands. Mais sa ruse ne servira à rien : on va l'arrêter comme un voleur et lui passer la corde au cou.

1. **Garce** : féminin de *gars*, qui désigne le plus souvent un homme de basse condition. Les deux mots sont donc des termes injurieux.

Monseigneur Gauvain entendait distinctement les moqueries des dames. Il souffrait d'avoir à endurer cette honte. Mais il pensait avec raison qu'il devait par priorité aller défendre son honneur là où il était accusé de trahison. S'il ne remplissait pas son engagement, il serait déshonoré et tout son lignage avec lui. Il ne pouvait donc prendre le risque d'être blessé ou fait prisonnier, et pourtant, il mourait d'envie de participer au tournoi ● !

Toute la journée jusqu'à la tombée de la nuit, on se battit devant la porte du château. L'issue du combat resta indécise et l'on décida qu'il reprendrait le lendemain matin. Monseigneur Gauvain entra dans la ville pour y passer la nuit. Un vavasseur très courtois, du nom de Garin, le pria d'accepter son hospitalité. Ils se dirigèrent donc vers sa demeure et, en chemin, le vavasseur lui demanda pour quel motif il ne participait pas au tournoi. Gauvain lui expliqua toutes ses raisons, et Garin ne put que l'approuver.

Pendant ce temps, les gens de la cour étaient en train de lancer contre lui de graves accusations. La fille aînée du seigneur, par haine de sa sœur, travaillait à persuader son père :

– Seigneur, vous auriez bien tort de ne pas faire arrêter ce faux chevalier : il a introduit dans la ville écus, lances et chevaux, et il se livre sans vergogne au commerce. Traitez-le comme il le mérite : il est allé s'héberger chez Garin, le fils de Berthe.

Elle se donnait bien du mal pour déshonorer le chevalier. Le seigneur monta en selle, car il voulait aller en personne chez le vavasseur où logeait Gauvain. Mais sa plus jeune fille, le voyant partir ainsi, passa par la porte de derrière et courut en cachette chez le seigneur Garin, qui avait deux filles charmantes.

● **Gauvain apparaît comme un parfait chevalier : maître de lui-même, il ne se laisse pas atteindre par les sarcasmes des dames.**

Quand celles-ci virent la petite, elles furent toutes joyeuses et l'embrassèrent.

Le seigneur Garin et son fils étaient montés à cheval pour aller parler à leur seigneur. Ils le rencontrèrent en chemin. Tiébaut de Tintagel leur dit qu'il venait précisément chez eux :

– Ma foi, je viens chercher un homme qui se fait passer pour chevalier, mais en fait, c'est un marchand qui est là pour vendre des chevaux.

– Quels méchants propos ! Par Dieu, seigneur, je suis votre vassal, mais je me délie ici même de mon serment et je vous défie, si vous voulez porter atteinte à mon hôte sous mon toit !

– Je n'en avais nullement l'intention. Votre hôte et votre demeure sont sacrés pour moi. Mais je dois dire que l'on m'a bien poussé à agir ainsi.

– Soyez-en remercié, fit le vavasseur. Mais venez donc voir mon hôte, ce sera un grand honneur pour moi.

Monseigneur Gauvain se leva à leur vue et les salua courtoisement. Le seigneur de Tintagel lui demanda pourquoi il s'était abstenu de participer au tournoi. Il admit parfaitement les raisons de Gauvain : un homme accusé de trahison, et devant se défendre dans une cour royale, ne pouvait prendre le risque de manquer à sa parole.

Le seigneur s'apprêtait à les quitter quand il vit entrer sa plus jeune fille, qui se précipita aux pieds de Monseigneur Gauvain et le saisit par la jambe[1] :

– Cher seigneur, prêtez-moi attention : je suis venue me plaindre à vous de ma sœur qui m'a battue. Faites-moi rendre justice, je vous prie !

1. **Le saisit par la jambe** : geste de supplication par lequel on implore la pitié ou la protection de quelqu'un.

Monseigneur Gauvain se taisait, car il ignorait tout de l'affaire. La demoiselle insista :

– C'est à vous, seigneur, que je parle, et c'est devant vous que j'accuse ma sœur ! Je n'ai aucune raison de l'aimer, car aujourd'hui, elle m'a couverte de honte à cause de vous.

– Mais en quoi suis-je concerné, ma belle amie ? Comment pourrais-je vous aider à obtenir justice ?

Le seigneur, qui avait déjà pris congé, entendit la requête de sa fille :

– Ma fille, qui vous a permis de venir vous plaindre aux chevaliers ?

– C'est donc votre fille, cher seigneur ? fit Gauvain.

– Oui, mais ne vous souciez pas de ses paroles. Ce n'est qu'une enfant, encore naïve.

– Certes, mais il serait vraiment grossier de ma part de ne pas faire sa volonté. Dites-moi toutefois, ma douce et noble enfant, quelle justice pourrais-je obtenir de votre sœur, et comment ?

– Seigneur, s'il vous plaît, il suffirait que demain vous portiez les armes au tournoi, pour l'amour de moi.

– Dites-moi, ma chère amie, avez-vous déjà fait semblable prière à un chevalier ?

– Non, jamais, seigneur.

– Ne prenez pas au sérieux cet enfantillage, dit Tiébaut. C'est une folie !

Mais Monseigneur Gauvain lui répondit :

– Par Dieu, seigneur, son discours enfantin est trop charmant, et je ne saurais opposer un refus à cette fillette. Puisque c'est son désir, demain, je serai pour un moment son chevalier●.

– Soyez mille fois remercié, cher seigneur !

● **Gauvain est ici détourné de son objectif principal, comme il le sera encore par la suite. En parfait chevalier courtois, il fait passer les intérêts de la demoiselle avant les siens (alors même qu'il devrait aller venger son honneur).**

Elle était tellement heureuse qu'elle s'inclina devant lui jusqu'à terre. Ils s'en allèrent sans rien ajouter, le père emportant sa fille sur le cou de son palefroi. Elle lui raconta alors comment la dispute était arrivée :

– Seigneur, ma sœur était tellement exaspérante à chanter les louanges de son Méliant de Lis : il était pour elle le meilleur chevalier, et moi, je n'ai pu m'empêcher d'affirmer que j'en voyais un bien plus beau que le sien. Elle m'a traitée de folle et de garce, elle m'a tiré les cheveux et giflée. Mais demain, je l'espère, mon chevalier abattra au sol Méliant de Lis.

– Chère fille, je vous autorise et même vous recommande de lui faire parvenir, par courtoisie, un gage d'affection, manche ou guimpe[•].

– Je le ferais très volontiers, mais mes manches sont si petites que je n'oserais lui en envoyer une : elle lui semblerait de bien peu de valeur !

– Ma fille, laissez-moi faire. Je vais m'en occuper.

Ils revinrent tous deux au palais, le père tenant sa fille serrée dans ses bras. Quand la sœur aînée les vit, elle dit aigrement :

– D'où vient donc ma sœur, cette petite sournoise ?

– Qu'est-ce que cela peut vous faire ? Vous feriez mieux de vous taire, car elle vaut mieux que vous. Vous l'avez battue et lui avez tiré les tresses : ce n'est pas la conduite d'une jeune fille courtoise, et je suis très mécontent de vous.

L'aînée se tut, très vexée de cette réprimande. Le père, de son côté, fit tirer de ses coffres une étoffe de soie vermeille et tailler

[•] Les manches étant souvent bien ajustées, elles devaient être cousues à la robe chaque fois qu'on s'habillait. Lors d'un tournoi, la dame qui voulait faire une faveur à un chevalier lui donnait à porter, accrochée à sa lance, une pièce d'étoffe lui appartenant : *manche* ou *guimpe* (voile de tête).

et coudre une manche bien longue et large. Puis il la donna à sa cadette :

– Ma fille, demain matin, levez-vous à l'aube et allez donner au chevalier cette manche neuve : il la portera pour vous au tournoi.

La demoiselle, transportée de joie, eut bien de la peine à s'endormir. Elle se leva donc au matin et alla au logis de Monseigneur Gauvain. Elle se précipita vers lui :

– Que Dieu vous protège et vous comble d'honneur en cette journée ! Vous porterez, pour l'amour de moi, cette manche que voici.

– Volontiers, mon amie, je vous en remercie.

Les chevaliers ne tardèrent pas à se rassembler et à sortir de la ville. Les dames et les demoiselles montèrent à nouveau en haut de la tour. Méliant de Lis s'avança, précédant tous les autres. Quand elle le vit, l'aînée ne put se retenir :

– Mesdames, voyez venir le plus vaillant et le plus renommé !

Monseigneur Gauvain s'élança alors de toute la vitesse de son cheval vers Méliant, qui ne doutait pas de lui. Les lances volèrent en éclats, mais Gauvain le frappa si fort qu'il le désarçonna. Aussitôt, il prit son cheval et le confia à un écuyer pour qu'il le mène à celle pour qui il combattait. La sœur cadette, du haut de la tour, avait bien vu tomber Méliant de Lis :

– Ma sœur, vous pouvez le voir étendu sur le dos, le seigneur Méliant de Lis, dont vous chantiez les louanges ! J'avais raison hier de dire qu'il y en avait un autre qui valait bien mieux !

Elle faisait exprès de tourmenter sa sœur aînée, qui s'écria, folle de colère :

– Petite garce, tais-toi ! Si je t'entends encore prononcer un mot, je vais te donner une gifle qui t'enverra à terre !

– Allons, allons, ma sœur ! Même si vous devez crever de rage, j'ai dit la vérité : votre chevalier est sur le dos, il agite bras et jambes sans pouvoir se relever !

L'autre lui aurait bien donné une claque, mais les dames mirent la cadette à l'abri. Pendant ce temps, son champion[1] remportait victoire sur victoire : des trois autres destriers qu'il gagna, il en envoya un à la femme de son hôte, et les deux autres à ses filles. Le tournoi se termina et Monseigneur Gauvain en remporta le prix ; il revint au château escorté de toute une troupe de chevaliers. Il rencontra la petite demoiselle à la porte de son logis ; elle le saisit par l'étrier en disant :

– Mille fois merci, mon très cher seigneur !

– Demoiselle, même quand je serai un vieillard aux cheveux blancs, je serai toujours à votre service, soyez-en assurée. Si vous avez besoin de mon aide, je viendrai au premier message.

Ils parlaient ainsi quand survint le père. Voyant que le chevalier allait partir, Tiébaut de Tintagel lui demanda son nom.

– Seigneur, on m'appelle Gauvain. Je n'ai jamais caché mon nom, mais je ne l'ai jamais dit avant qu'on me le demande.

Le seigneur fut rempli de joie : il aurait bien voulu le garder plus longtemps auprès de lui, mais Monseigneur Gauvain résista à ses prières. Il prit congé de son hôte et reprit sa route vers Escavalon.

1. **Champion** : celui qui se bat pour quelqu'un (en son honneur ou à sa place) dans un combat ou dans un tournoi.

14

Chez le roi d'Escavalon

Monseigneur Gauvain, cette nuit-là, dormit dans une abbaye. Le lendemain, il poursuivit sa route en compagnie de son écuyer. Dans l'après-midi, ils arrivèrent près d'un château d'où ils virent sortir toute une troupe de gens partant pour la chasse : des garçons à pied aux épieux[1] tranchants, des veneurs[2] menant les chiens, des archers, et enfin des chevaliers. Après eux venait un tout jeune homme, plus beau et élégant que les autres. Il salua Monseigneur Gauvain :

– Seigneur, acceptez mon hospitalité. Allez là d'où je viens et descendez chez moi. Il est temps pour vous de faire étape. J'ai une sœur très courtoise qui se fera une joie de vous recevoir. Ce chevalier, que vous voyez avec moi, vous conduira.

Puis, s'adressant à l'autre :

– Cher compagnon, menez ce seigneur chez ma sœur. Dites-lui ce que j'attends d'elle : au nom de l'affection qui existe entre nous, qu'elle accueille ce chevalier, qu'elle l'aime et le chérisse autant que moi-même. Qu'elle lui tienne compagnie jusqu'à ce que nous soyons revenus. Dès qu'elle l'aura reçu, vous pourrez nous rejoindre.

Le chevalier conduisit donc Monseigneur Gauvain en un endroit où tous le haïssaient à mort●. Mais aucun des deux ne le savait, car ils ne s'étaient jamais rencontrés.

1. **Épieux** : courtes lances utilisées pour chasser le gros gibier (surtout le sanglier).
2. **Veneurs** : ceux qui, dans une chasse, dirigent les chiens.

● **Le narrateur crée ici encore un effet de suspens dramatique.**

Monseigneur Gauvain observa le château : il le vit puissamment fortifié, construit sur un bras de mer. Il s'émerveilla de la prospérité de la ville ; les habitants étaient bien vêtus, et les boutiques regorgeaient de produits variés : épices, cire, fourrures et marchandises de toutes sortes. Des ouvriers s'activaient à tous les métiers possibles : on fabriquait des heaumes et des hauberts, on tissait de belles étoffes, on façonnait de la vaisselle et des bijoux avec les métaux les plus nobles●.

Après avoir traversé la ville, ils parvinrent au donjon. Des serviteurs se précipitèrent pour s'occuper des chevaux et des bagages. Le chevalier entra seul dans la tour avec Monseigneur Gauvain, qu'il mena par la main jusqu'à la chambre de la demoiselle.

– Ma chère amie, votre frère vous adresse son salut et vous recommande ce seigneur : qu'il soit honoré et servi à la perfection. Montrez-vous large et généreuse, comme s'il était votre propre frère. Occupez-vous donc bien de lui, car je dois rejoindre mon seigneur à la chasse.

– Béni soit celui qui m'envoie un aussi agréable compagnon ! dit-elle, toute joyeuse. Cher seigneur, venez vous asseoir auprès de moi : c'est avec grand plaisir que j'obéirai aux ordres de mon frère.

Gauvain resta seul avec la jeune fille. Il n'en était pas mécontent, et elle, de son côté, était trop courtoise pour penser qu'on pourrait les espionner. Très vite, ils en vinrent aux paroles d'amour● : s'ils avaient parlé d'autre chose, ils auraient bien perdu leur temps ! Monseigneur Gauvain lui demanda son amour et l'assura qu'il

● **La description d'Escavalon s'oppose en tout point à celle de Beaurepaire. La scène reprend, en l'inversant de manière burlesque, l'épisode de Beaurepaire.**

● **Contrairement à Perceval, Gauvain ne reste pas silencieux face à la jeune fille...**

serait son chevalier toute sa vie. Ne voulant rien lui refuser, elle y consentit volontiers.

C'est alors qu'entra dans la pièce un vavasseur, qui allait leur procurer bien des ennuis, car il connaissait Gauvain. Il les trouva en train d'échanger des baisers, tout à la joie d'être ensemble. À ce spectacle, il ne put se taire et s'écria d'une voix forte :

– Femme ! Honte à toi ! Que Dieu te détruise et t'anéantisse ! L'homme que tu devrais haïr le plus au monde, tu lui fais fête, tu le laisses t'embrasser et te serrer dans ses bras ! Malheureuse folle, tu montres bien ta vraie nature de femme : tu lui donnes des baisers, alors que tu devrais lui arracher le cœur de la poitrine, de tes propres mains ! Voilà ce que tu aurais fait, si une femme pouvait faire quelque chose de bien. Mais toi, tu es bien une femme, je le vois, car tu embrasses celui qui a tué ton père.

Sur ces mots, le vavasseur disparut avant qu'on ait pu lui répondre. La jeune fille tomba évanouie sur le sol et resta longtemps inanimée. Monseigneur Gauvain la releva, inquiet de la voir livide de la grande peur qu'elle avait eue. Reprenant connaissance, elle s'exclama :

– Hélas ! Nous sommes morts ! À cause de vous, je perdrai la vie sans l'avoir mérité, et vous pour moi, je le crains. Toute la population de cette ville va venir : ils seront bientôt dix mille rassemblés devant cette tour. Mais il y a ici des armes en quantité, et je vais vous équiper immédiatement. Un seul chevalier de valeur pourrait défendre ce donjon contre une armée entière.

Elle courut chercher une armure et l'en revêtit sur-le-champ. Seul manquait l'écu, par malchance ; avisant un échiquier, Monseigneur Gauvain s'en saisit.

– Chère amie, cet écu me suffira, inutile d'en chercher un autre.

Il renversa alors sur le sol les pièces du jeu d'échecs, qui étaient en ivoire et dix fois plus grosses qu'à l'ordinaire. Il était prêt à tout. Il comptait bien défendre la porte de la tour à lui seul, car il avait au côté Excalibur, la meilleure épée qui fût, celle de son oncle, le bon roi Arthur.

Le vavasseur était allé prévenir les habitants de la ville : le maire, les échevins[1] et d'autres bourgeois[2] ; on voyait à leurs ventres gros et gras qu'ils ne devaient pas jeûner souvent ! Il arriva à toute allure en criant :

– Aux armes, aux armes ! Allons prendre le traître Gauvain, qui a tué notre seigneur !

– Où est-il ? Où est-il ? firent-ils tous.

– Par ma foi, je l'ai trouvé, ce traître de Gauvain, dans cette tour où il est en train d'embrasser notre dame tout à loisir. Et elle n'y trouve rien à redire ! Mais venez donc, nous allons le saisir, et si nous pouvons le remettre à notre seigneur, nous l'aurons bien servi. Prenez-le vivant, car la mort est un châtiment trop rapide, et il vaut mieux tenir son ennemi entre ses mains. Soulevez toute la ville, et faites votre devoir !

Le maire bondit sur ses pieds, suivi de tous ses échevins. Vous auriez vu ces vilains● furieux saisir haches, fourches et piques ! L'un attrapant un écu sans courroie, l'autre un battant de porte. Le crieur fit sa proclamation, tout le monde se rassembla. Les

1. **Échevins** : élus municipaux chargés d'assister le maire dans l'administration de la ville.
2. **Bourgeois** : au Moyen Âge, les habitants de la ville (*bourg*), par opposition aux paysans.

● **Le *vilain* est, au sens propre, un paysan. Mais le mot peut aussi désigner, au Moyen Âge, tout homme de basse condition (celui qui n'est ni un noble, ni un clerc appartenant à l'Église).**

cloches se mirent à sonner, pour que personne ne manque à l'appel.

Voici Monseigneur Gauvain mort, si Notre-Seigneur ne le protège ! La demoiselle se prépara à l'aider hardiment. Elle cria à la commune[1] assemblée :

– Hou ! Hou ! Bande de canailles, chiens enragés, sale racaille ! Quels diables vous ont appelés ici ? Que cherchez-vous ? Que demandez-vous ? Si Dieu nous aide, c'est vous qui finirez morts et estropiés ! Vous n'emmènerez point ce chevalier : il n'est pas venu ici par la voie des airs ou en cachette, il m'a été envoyé par mon frère, qui m'a priée de lui faire honneur comme à lui-même. Et vous me traînez dans la boue parce que je lui ai fait bon accueil ? Je vous en veux de m'avoir couverte de honte en tirant. l'épée devant moi, à la porte de ma chambre, sans même m'exposer vos raisons. J'en suis folle de rage !

Tandis qu'elle leur disait ce qu'elle avait sur le cœur, les autres mettaient en pièces la porte avec leurs haches. Mais c'était compter sans le portier, Monseigneur Gauvain ! De son épée, il leur interdit le passage : à peine le premier fut-il touché que les autres reculèrent, moins pressés d'avancer. Pas un n'osait risquer ni pied ni main : chacun craignait pour sa vie !

La demoiselle, de son côté, passa à l'attaque : saisissant les pièces du jeu d'échecs qui étaient sur le sol, elle se mit à les lancer furieusement contre les assaillants, jurant qu'elle les ferait pendre.

Les vilains reculèrent, mais ils ne renoncèrent pas. Ils comprenaient bien qu'ils ne parviendraient pas à forcer la porte : elle était si étroite et si basse que deux hommes ne pouvaient y passer de

1. **Commune** : ensemble de la population de la ville.

front. Il était évident qu'un seul chevalier résolu n'aurait aucun mal à la défendre : il lui serait facile de pourfendre des vilains sans armures et de leur faire éclater la cervelle ! Ils décidèrent donc d'abattre la tour en la défonçant avec des pics d'acier et se mirent sans délai à ce travail de sape.

De tout cela, le seigneur hospitalier ne savait rien, mais il revint le plus vite possible de la chasse. Et voilà qu'arriva Guingambrésil, le sénéchal, à grande allure : il ignorait tout de la présence de Gauvain. Il fut stupéfait du vacarme que faisaient les vilains pour abattre la tour. Quand on le mit au courant, il interdit de continuer, et même d'arracher une seule pierre. Les autres ne voulant rien entendre, il résolut d'aller chercher son seigneur pour qu'il voie les dégâts provoqués par les bourgeois. Le roi revenait précisément du bois ; Guingambrésil le mit au courant :

– Seigneur, votre maire et ses échevins vous ont couvert de honte. Ils sont en train d'attaquer votre tour pour l'abattre. Je ne saurais le supporter : j'avais accusé Gauvain de trahison, vous le savez bien, et c'est à lui que vous avez donné l'hospitalité● ! Maintenant qu'il est votre hôte, ce serait une honte qu'il ait à subir dommage ou injure.

– Vous avez raison, seigneur sénéchal, dès que nous y serons, il n'aura rien à craindre. Ce qui est arrivé me déplaît fort. Si mes gens le haïssent à mort, je ne peux m'en fâcher. Mais mon honneur me commande de garantir sa sécurité, puisque je lui ai donné l'hospitalité.

Ils parvinrent ainsi au donjon et y trouvèrent la commune qui menait grand tapage. Mais le roi parla au maire et, à sa suite, les

● **Le roi est confronté à un dilemme, car le code de l'hospitalité interdit que l'hôte attaque son invité.**

autres se retirèrent●. Un vavasseur était resté sur place : il était très écouté dans le pays à cause de sa sagesse.

– Seigneur, vous avez besoin maintenant d'un bon conseil, digne de foi. Il n'est pas étonnant que l'on ait attaqué celui qui a tué traîtreusement votre père : on le hait mortellement ici, et c'est légitime. Mais l'hospitalité que vous lui avez accordée lui sert de garantie : il ne peut être ni tué ni fait prisonnier. De plus, je vois ici Guingambrésil, qui lui doit aussi protection : il est allé l'accuser de trahison et l'a sommé de venir s'en défendre à votre cour. Je conseille que l'on remette la bataille d'une année entière, et qu'on lui donne à accomplir pendant ce temps une mission très périlleuse : il devra aller à la recherche de la lance qui saigne. Qu'il vous remette cette lance, ou il se retrouvera votre prisonnier, comme il l'est actuellement. Vous ne sauriez le plonger dans une plus terrible épreuve.

Le roi approuva ce conseil et rejoignit sa sœur. Elle vint à sa rencontre, en compagnie de Gauvain qui ne tremblait pas. Guingambrésil l'apostropha :

– Seigneur Gauvain, seigneur Gauvain, je vous avais accordé ma protection, mais je ne pensais pas que vous seriez assez hardi pour pénétrer dans le château de mon seigneur.

Le sage vavasseur prit la parole :

– Seigneur, avec l'aide de Dieu, toute cette affaire peut s'arranger. Cette attaque de la populace, on pourrait en discuter longtemps. Ce qui compte, c'est la volonté de mon seigneur le roi ici présent. Il m'ordonne de vous proposer, à condition que vous soyez d'accord, de reporter à un an ce combat. Vous vous

● **Face au roi d'Escavalon apparaît un autre pouvoir, celui du maire. Le peuple déchaîné n'écoute que le maire.**

en irez libre, mais vous devrez vous engager auprès de mon maître à lui rapporter avant un an la lance qui saigne ; cette lance dont la pointe pleure des larmes de sang, cette lance dont il est écrit qu'elle peut un jour détruire le royaume de Logres. Le roi exige que vous preniez cet engagement par serment.

– Certes, répliqua Monseigneur Gauvain, je préférerais mourir ou rester sept ans en prison plutôt que de faire ce serment ! Mieux vaut souffrir et endurer la mort dans l'honneur que vivre dans la honte en me parjurant.

– Cher seigneur, dit le vavasseur, il n'y aura nul déshonneur pour vous, si vous voyez bien le sens de cet engagement : vous allez jurer de faire tout votre possible pour rechercher la lance. Si vous ne la trouvez pas, vous reviendrez ici vous constituer prisonnier, et vous serez délié de votre promesse.

– Dans ces termes-là, j'accepte de prêter serment.

On sortit un précieux reliquaire[1] et Monseigneur Gauvain jura sur les reliques de mettre toute sa peine à rechercher la lance qui saigne. C'est ainsi que fut ajournée d'un an sa bataille avec Guingambrésil. Il avait échappé à un grand péril, mais s'était jeté dans un autre.

Avant de quitter la tour, il prit congé de la jeune fille. Il ne garda que son fidèle destrier, et renvoya ses écuyers dans leur pays avec les autres chevaux.

1. **Reliquaire** : petit coffre très précieux, contenant les *reliques* (restes) d'un saint. Dans les occasions très importantes, on prête serment sur les reliques.

Le royaume de Logres est le royaume d'Arthur, et plus particulièrement l'Angleterre.

Gauvain doit aller chercher la lance qui saigne. Son parcours rejoint donc celui de Perceval.

15

Gauvain au château du Graal

Monseigneur Gauvain passa toute une année à rechercher la lance qui saigne. Il se souvenait des paroles de la Demoiselle Hideuse, quand elle était venue devant la cour du roi Arthur : Perceval avait vu la lance au château du riche Roi Pêcheur. Mais il eut beau parcourir le pays en tous sens, il ne trouva personne qui pût lui indiquer la demeure de ce roi.

Ce qui lui pesait le plus, c'était l'idée de devoir retourner se constituer prisonnier à Escavalon. Il ne redoutait pas le combat contre Guingambrésil, mais la laide accusation de trahison l'affligeait profondément. Il savait bien qu'il n'avait jamais rencontré l'ancien roi d'Escavalon : comment le jeune roi et Guingambrésil, deux nobles et loyaux chevaliers, pouvaient-ils le croire capable d'un tel acte ? Son cœur craignait par-dessus tout la honte répandue sur son nom.

Il cheminait donc, plongé dans ces tristes pensées, à travers une contrée déserte et désolée. Les champs n'étaient plus cultivés, aucun bétail dans les prairies à l'herbe desséchée ; les rares paysans qu'il croisait, le voyant équipé de toutes ses armes, couraient se réfugier dans leurs habitations en ruines ou dans les fourrés. Tandis qu'il traversait une forêt obscure, il entendit soudain crier, au loin ; il se rendit compte que c'était la voix d'une femme en grand danger, qui avait besoin de secours. Il s'élança donc en direction des cris et finit par découvrir une malheureuse assaillie par deux brigands. Ceux-ci se préparaient à la tuer pour s'emparer plus facilement de sa mule avec tout son chargement.

Monseigneur Gauvain ne prit même pas la peine de remettre sur sa tête son heaume, qu'il avait quitté pour être plus à l'aise. Il se précipita sur les brigands, la lance baissée. Il atteignit le premier à l'œil : son coup s'enfonça dans le crâne en faisant jaillir le sang et la cervelle. Voyant son compagnon mort, le second, saisi de colère, chercha à se venger : il leva sa massue et s'apprêta à frapper Gauvain sur la tête, que rien ne protégeait. Le chevalier se couvrit de son écu, mais ébranlé par le coup, il tomba à terre. Saisissant alors son épée, il l'assaillit violemment et le blessa profondément à l'épaule ; le brigand, pris de frayeur et couvert de sang, courut chercher refuge dans la forêt.

Gauvain renonça à le poursuivre, préférant revenir vers la demoiselle qu'il avait sauvée d'une mort assurée. Quand il fut auprès d'elle, il fut stupéfait de la reconnaître : c'était la Demoiselle Hideuse qui était venue se présenter l'an passé à la cour du roi Arthur.

– Ah, Gauvain, lui dit-elle, tu seras toujours le meilleur défenseur des dames et des demoiselles ! Tu m'as sauvée d'un grand péril : tout ce royaume est en effet livré à l'abandon, c'est une Terre Gaste, stérile et désolée. Ceux qui devaient la défendre sont morts et les malheureux paysans sans protection sont la proie des brigands. Moi-même, qui revenais porter un message au roi de ce pays, j'ai bien failli être leur victime. Mais, dis-moi, que venais-tu chercher dans ces contrées dangereuses ?

– Noble demoiselle, depuis presque un an déjà, j'ai parcouru maintes terres à la recherche du château du riche Roi Pêcheur. Sa demeure abrite, dit-on, la lance dont la pointe saigne : c'est l'objet de ma quête.

– Gauvain, Gauvain, nul ne peut découvrir ce château sans y être d'abord invité. Mais tu m'as sauvé la vie, à moi qui suis la messagère du Roi Pêcheur. Tu n'as pas hésité à me secourir, alors que je suis plus laide qu'aucune créature au monde. Sache que je ne suis hideuse que lorsque je me trouve à l'extérieur de ces murs. Dans le château, ma mission est tout autre : c'est moi qui porte le Graal quand il apparaît devant le bon Roi Pêcheur. Suis-moi donc au château, c'est là que tu seras hébergé ce soir.

Monseigneur Gauvain avait peine à croire à sa chance ; il suivit la demoiselle, qui était remontée sur sa mule fauve. Au sortir de la forêt, il aperçut dans un vallon la haute tour carrée d'un château. La jeune fille l'accompagna jusqu'à l'entrée où elle le laissa seul. Des serviteurs arrivèrent aussitôt pour le désarmer,

Comment Messire Gauvain baille son palefroi à la pucelle. Miniature du XIVe siècle extraite de Perceval *de Chrétien de Troyes. BNF, Paris.*

et il laissa son cheval à leurs soins. On l'habilla d'une belle cotte fourrée de vair[1], et on le conduisit bientôt dans la grande salle.

Un noble seigneur aux cheveux blancs était installé sur un lit, vêtu de riches vêtements. Il était appuyé sur un coude, et l'on pouvait voir qu'il était infirme. Gauvain l'ayant salué, son hôte le fit asseoir à côté de lui et lui demanda son nom.

– Seigneur, je ne l'ai jamais caché : on me nomme Gauvain.

– Vous êtes donc Monseigneur Gauvain, le neveu du roi Arthur ! C'est un honneur pour ma demeure de recevoir un chevalier si renommé.

Pendant qu'ils parlaient ainsi, les tables furent préparées pour le dîner. On apporta des chandeliers qui illuminèrent la salle. Les autres convives[2] s'approchèrent, et l'eau chaude pour se laver les mains fut servie dans des bassins d'or.

Ils s'étaient assis à table pour manger, quand ils virent sortir d'une chambre un très beau jeune homme tenant une lance étincelante ; de la pointe jaillissaient des gouttes de sang. Elle passa devant Monseigneur Gauvain ; celui-ci la fixa un moment, puis se tourna vers son hôte :

– Seigneur, je viens de voir cette lance dont le fer saigne. D'où vient ce sang et pourquoi coule-t-il sans cesse ? Voilà ce que je suis venu chercher ici. Dites-moi, je vous en prie, la vérité sur ce prodige.

– Mon cher ami, aucun homme jusqu'ici n'a osé demander cela. Mais je vous le dirai, sans rien vous cacher. C'est cette lance qui a frappé le coup douloureux dont je suis resté infirme : à cause de cette blessure, de grands malheurs se sont abattus sur ce royaume. Je ne puis le gouverner et il est devenu une

1. **Vair** : fourrure de petit-gris, écureuil de Russie de couleur gris argenté.
2. **Convives** : invités.

Terre Gaste. Cette lance si dangereuse aurait pu frapper un jour le royaume de Logres, où règne le bon roi Arthur, mais votre question l'a sauvé et il ne sera pas détruit par un coup félon[1], comme l'a été celui-ci.

Comme le roi finissait de parler, une grande lumière se fit dans la salle : précédée de deux jeunes gens chargés de chandeliers, une jeune fille s'avançait portant dans ses deux mains levées le Graal, brillant de tous ses feux. La demoiselle était merveilleusement belle et Monseigneur Gauvain ne pouvait détacher d'elle ses regards. Était-il possible que ce fût la Demoiselle Hideuse, qui l'avait guidé jusqu'ici ? Le chevalier était tellement ébloui par sa beauté qu'il n'ouvrit pas la bouche pour demander ce qu'était le Graal et à qui l'on en faisait le service.

Le repas s'acheva. Monseigneur Gauvain avait longuement cheminé depuis des jours dans des contrées arides, sans trouver où se loger. Il était si fatigué qu'il s'endormit, et son hôte le laissa se reposer.

Le lendemain matin, quand il se réveilla, il se trouvait sur une lande, avec son cheval et son équipement à côté de lui. Il fut fâché et troublé de se retrouver là : ni ville, ni maison, ni château, ni donjon. Il s'arma et remonta sur son cheval. Il était honteux de s'être endormi et de n'avoir pu en apprendre davantage sur les prodiges du château.

Il reprit la route à travers la contrée et fut tout étonné de constater que le pays, qu'il avait vu la veille désolé et désert, avait complètement changé : les prairies et les bois avaient retrouvé leur verdure, les arbres étaient couverts de fruits et les champs de moissons. On entendait le murmure des sources et le chant des oiseaux.

1. **Félon** : déloyal, traître.

Il vit alors venir à lui toute une troupe de gens qui lui faisaient fête :

– Ah, seigneur, tu nous as sauvés : les grands biens que nous avions perdus, les prés, les bois, les champs qui étaient devenus stériles, voilà qu'ils nous sont rendus. En posant au bon roi cette question, tu as délivré la Terre Gaste de son maléfice[1]. Sois béni pour ta venue dans cette contrée !

Mais derrière eux venait la Demoiselle Hideuse, montée sur sa mule fauve. Elle attendit que le cortège eût disparu pour s'adresser au chevalier :

– Ah, Gauvain, Gauvain ! Tu seras toujours le même : le plus vaillant, le plus courtois des chevaliers du roi Arthur... mais tu ne sauras jamais résister au joli visage d'une femme ! Que d'imprudences as-tu commises en l'honneur des dames et des demoiselles ! À Tintagel, tu as compromis ta mission pour contenter la Demoiselle aux Petites Manches. À Escavalon, tu étais trop occupé à tenir de doux propos à la sœur du roi pour t'apercevoir que tu étais tombé entre les mains de ceux qui voulaient ta mort. Et ici, au château du Roi Pêcheur, la beauté d'une femme t'a empêché de demander à qui l'on portait le Graal ! À cause de ta légèreté, le bon roi va demeurer infirme, alors que tu aurais pu le guérir.

– Ah, demoiselle, ne puis-je réparer cette faute ? Ne retrouverai-je jamais le château ?

– Non, c'est un autre chevalier qui peut remplir cette mission. Il y a déjà manqué une fois, et de grands malheurs en sont advenus. Toi, tu as accompli ce qui t'était destiné, en rendant la vie et l'abondance à la Terre Gaste ; tu as aussi sauvé le royaume de Logres de cette lance meurtrière, assoiffée de sang.

1. **Maléfice** : opération magique visant à nuire.

– Demoiselle, cette lance, je devais la rapporter à Escavalon, où l'on m'attend pour un combat où mon honneur est en jeu.

– Non, Gauvain, cette lance ne peut quitter le château du Graal. Si l'on t'a obligé à en entreprendre la quête, c'est parce que tes ennemis pensaient que cette épreuve était la plus périlleuse qui soit. Mais la situation a changé pour toi, et tu peux te rendre à Escavalon sans crainte.

– Vous semblez savoir, ma chère amie, bien des choses que j'ignore. Mais le jeune roi, son sénéchal Guingambrésil et toute la population de la ville m'accusent d'avoir tué traîtreusement le père du roi. Et jamais, je le jure devant Dieu, je ne l'ai rencontré.

– Tu dis la vérité, et pourtant eux aussi n'ont pas menti : ils étaient sûrs que c'était bien Gauvain qui avait tué leur roi. Mais c'est un autre chevalier qui l'a fait en se faisant passer pour toi. Te souviens-tu de Greoréas ? Il te haïssait plus que tout au monde. Il a tué traîtreusement le roi d'Escavalon dans une embuscade et, en s'enfuyant, il a crié aux serviteurs du roi : « Ainsi périssent les ennemis de Gauvain ! » C'est depuis ce jour que ceux d'Escavalon sont sûrs de ta félonie.

– Comment pourrait-il en être autrement ?

– Dieu a voulu que Greoréas périsse dans un combat. Avant de mourir, il a avoué son crime et son mensonge. Le roi d'Escavalon, ses barons et toute sa ville l'ont appris, et ils regrettent fort les affronts que tu as dû subir de leur part.

– Soyez remerciée mille fois pour les nouvelles que vous m'apprenez, chère amie. Vous m'avez grandement rendu l'aide que j'ai pu vous apporter.

Gauvain prit alors congé de la demoiselle et se dirigea vers Escavalon, où il reçut le meilleur accueil du monde. Le conte s'arrête de parler ici de Gauvain, et revient à Perceval.

16

Perceval chez l'ermite

L'histoire nous raconte que Perceval avait perdu la mémoire : il avait oublié Dieu. Cinq années entières passèrent, cinq fois revinrent avril et mai, sans qu'il entrât dans une église pour adorer le Seigneur-Dieu. Il resta ainsi pendant cinq ans, et pourtant il ne manqua pas de rechercher les exploits chevaleresques, les aventures extraordinaires et périlleuses. Il les cherchait et il les trouvait ; il n'en rencontra aucune sans en venir à bout. Pendant ces cinq années, il envoya soixante chevaliers de grande valeur prisonniers à la cour d'Arthur, sans que jamais Dieu lui revienne en mémoire●.

Un jour, au bout de ces cinq années, alors qu'il cheminait, armé de toutes ses armes comme à l'habitude, il rencontra trois chevaliers et une dizaine de dames. Ils allaient tous à pied et sans chaussures, la tête recouverte d'un capuchon, et ils portaient de rudes chemises de laine grossière●. Perceval, qui arrivait tout armé, tenant sa lance et son écu, s'étonna beaucoup de voir ces

● Les prouesses accomplies par Perceval durant ces cinq années sont résumées très rapidement. Car, pour le narrateur, l'essentiel est que Perceval ait oublié Dieu.

● Marcher *sans chaussures* est pénible et douloureux ; les *chemises de laine grossière* sont d'habitude portés par les vilains ; cheminer *à pied* est tout aussi inhabituel pour la noblesse. Tous ces gestes sont des actes de *pénitence*.

seigneurs et ces dames, qui faisaient leur pénitence[1] à pied, pour sauver leurs âmes, à cause de leurs péchés[2].

L'un des trois chevaliers arrêta Perceval et lui demanda :

– Très cher seigneur, vous ne croyez donc pas en Jésus-Christ ? Il n'est ni bien ni juste de porter les armes le jour où Jésus-Christ est mort !

Et Perceval, qui n'avait aucune idée du jour ni de la saison tellement son cœur était tourmenté, lui répondit :

– Quel jour est-ce donc aujourd'hui ?

– Quel jour, seigneur ? Vous ne le savez pas ? C'est le Vendredi saint●, le jour où l'on doit adorer Jésus et sa croix. C'est ce jour-là que fut crucifié celui qui était pur de toute faute, pour que nous soyons délivrés du péché. Avant, les hommes devaient aller en enfer, et maintenant ils sont sauvés. Tous ceux qui croient en lui sont appelés aujourd'hui à faire pénitence et à pleurer leurs péchés. En ce jour, aucun croyant ne devrait porter les armes !

– Et d'où venez-vous donc ainsi ?

– Seigneur, nous venons de cette forêt où habite un homme de bien, un saint ermite[3]. Il ne vit que pour célébrer la gloire de Dieu.

– Au nom de Dieu, qu'avez-vous fait là-bas ? Qu'avez-vous demandé ? Qu'avez-vous cherché ?

– Quoi donc, seigneur ? fit l'une des dames. Nous avons demandé aide et conseil pour nos péchés, et nous nous sommes

1. **Faire pénitence** : s'obliger à faire quelque chose de pénible, pour marquer son regret d'avoir péché, et demander le pardon de Dieu.
2. **Péchés** : fautes commises contre Dieu, quand on ne respecte pas ses commandements. Le chrétien fait pénitence pour *sauver son âme*, pour se réconcilier avec Dieu.
3. **Ermite** : religieux (souvent prêtre ou moine) qui vit dans la solitude, à l'écart du monde, pour se consacrer à la prière.

● **Jour où les chrétiens célèbrent la mort de Jésus, crucifié pour sauver les hommes de leurs péchés. Au Moyen Âge, l'Église recommandait aux croyants d'observer ce jour-là (et pour toutes les grandes fêtes) la *paix de Dieu*, c'est-à-dire de ne pas porter les armes et de s'interdire tout combat.**

confessés. C'est la meilleure chose qu'un chrétien puisse faire pour retrouver Dieu.

Ces paroles firent pleurer Perceval, et il éprouva le désir d'aller parler au saint homme.

– J'aimerais aller là-bas, chez l'ermite, si je connaissais le chemin.

– Seigneur, c'est bien simple. Suivez ce sentier qui s'enfonce dans la forêt, vous remarquerez les nœuds de branchages que nous avons laissés pour guider ceux qui voudraient s'y rendre.

Perceval les quitta et s'engagea sur le chemin. Il soupirait du fond du cœur, car il se sentait coupable envers Dieu, et plein de repentir[1]. Il avançait en pleurant à travers le bois, et quand il arriva à l'ermitage, il mit pied à terre et se désarma. Ayant attaché son cheval à un charme[2], il entra chez l'ermite, et le trouva qui se préparait à dire la messe dans une petite chapelle.

Le chevalier se mit aussitôt à genoux, et le saint homme le vit, humble et pleurant, les larmes lui coulant des yeux jusqu'au menton. L'ermite l'appela à lui et Perceval, qui se rendait bien compte qu'il s'était mal conduit envers Dieu, s'inclina vers l'ermite, les mains jointes ; il le pria de lui venir en aide, car il en avait grand besoin.

L'homme de Dieu lui répondit :

– Tu dois avant toute chose dire ta confession, car on ne peut se réconcilier avec Dieu sans se confesser et se repentir de ses péchés.

1. **Repentir** : regret que l'on éprouve pour une faute, un péché. On pensait, au Moyen Âge, que le vrai signe d'un repentir sincère était les larmes.
2. **Charme** : arbre dont le bois est blanc et dur.

La dame décrit une pratique essentielle des chrétiens, la *confession*. Pour se réconcilier avec Dieu, le chrétien doit avouer (*confesser*) ses péchés à un prêtre, qui a le pouvoir de les lui pardonner au nom de Dieu.

– Seigneur, cela fait bien cinq ans que j'ai erré sans savoir où j'allais. Je ne savais plus où j'en étais, je n'aimais plus Dieu et je ne croyais plus en lui. Depuis ce moment, je n'ai plus fait que du mal.

– Ah ! mon ami, dis-moi pourquoi tu as agi ainsi, et prie Dieu d'avoir pitié de toi.

– Seigneur, je suis allé une fois chez le Roi Pêcheur et j'ai vu la lance dont le fer saigne ; j'ai vu la goutte de sang couler de la pointe étincelante, et je n'ai rien demandé. Et le Graal que j'ai vu, je n'ai jamais appris à qui l'on en faisait le service ; à partir de ce moment, j'ai vécu dans une telle souffrance que j'aurais voulu être mort. J'en ai oublié Dieu ; je ne l'ai jamais prié depuis, et je n'ai plus rien fait de bon.

– Ah ! mon cher ami, dis-moi donc quel est ton nom ?

– Perceval, seigneur.

À ces mots, le saint homme soupira, car il avait reconnu le nom :

– Frère, ce qui t'a fait bien du mal, c'est un péché dont tu ne sais rien : c'est la douleur qu'éprouva ta mère à cause de toi quand tu la quittas. Elle tomba évanouie sur le sol, au bout du pont devant la porte ; c'est ce chagrin qui l'a tuée. Tu n'as pas voulu voir sa souffrance, et c'est à cause de ce péché que tu n'as rien pu demander au sujet de la lance et du Graal : la souffrance du roi infirme ne t'a pas conduit non plus à poser les questions qui l'auraient sauvé●. À cause de cela, de nombreux malheurs sont arrivés, et toi-même, tu n'aurais pas survécu sans ta mère, qui veillait sur toi du haut du Ciel. Dieu, écoutant les prières qu'elle faisait pour toi, t'a protégé de la mort et de la prison. Mais le jour où tu as été au château du Graal, ton péché t'a tranché la langue : tu n'as pas

● **Pour l'ermite, le silence de Perceval est la conséquence du péché commis par le jeune homme quand, sans état d'âme, il a adandonné sa mère.**

Perceval devant l'ermite. Miniature du XIVe siècle extraite du Roman de Perceval le Gallois *de Chrétien de Troyes. BNF, Paris.*

pu prononcer un mot quand tu as vu le fer qui ne cessa jamais de saigner et le Graal qui passait parmi les convives.

« Celui à qui l'on en fait le service, c'est mon père. Ta mère était ma sœur, ainsi que celle du riche Roi Pêcheur. Nous sommes les trois enfants du très vieux roi malade, qui se trouve dans la chambre où tu as vu entrer le Graal. Mais ne crois pas qu'il contienne un aliment terrestre, brochet, lamproie[1] ou saumon ! Le saint homme est seulement nourri

1. **Lamproie** : poisson qui a l'apparence d'une anguille.

d'une hostie : c'est elle qui le soutient et le maintient en vie ; depuis quinze ans, il n'est pas sorti de cette chambre. Quant au Graal, si tu l'as vu passer plusieurs fois dans la salle du repas, c'est parce qu'il a le pouvoir, par sa seule présence, de procurer les meilleures nourritures à ceux qui participent au festin : les mets les plus délicieux et les plus abondants garnissent la table grâce au pouvoir nourricier du Graal.

« Et maintenant, je vais te donner ta pénitence et le pardon de ton péché.

– Cher oncle, c'est bien ce que je veux aussi. Ne devez-vous pas m'appeler neveu, et moi oncle, puisque votre sœur était ma mère ?

– C'est vrai, mon cher neveu. Mais écoute bien mes conseils : si ton repentir est sincère et si tu veux prendre soin de ton âme, va tous les jours au monastère ou à l'église pour adorer Dieu, dès que tu entendras sonner la cloche. S'il t'est possible d'assister à la messe, ce sera encore mieux. C'est ainsi que tu pourras t'améliorer et gagner le paradis. Respecte les prêtres de Dieu, ainsi que les hommes et les femmes de bien. Ne manque jamais d'aider les femmes en détresse, surtout les veuves et les orphelines. Aie

L'*hostie* est une petite rondelle blanche de pain azyme (sans levain), utilisée pour la célébration de la messe. Lorsque l'hostie a été consacrée par le prêtre, les catholiques y voient la présence réelle du Christ. Les croyants la mangent ensemble lors de la communion ; on la porte aussi aux malades et aux mourants. Dans ce roman, l'hostie est dotée de pouvoirs surnaturels puisqu'elle maintient le vieux roi en vie depuis quinze ans.

L'ermite explique en grande partie les mystères du château du Roi Pêcheur, mais il garde le silence sur la lance qui saigne.

La *pénitence* fait partie du sacrement de la confession. Perceval s'est confessé de ses péchés. Le prêtre lui donne une pénitence, une sorte d'épreuve à accomplir en réparation (ici, jeûner pendant deux jours avec lui). Avant cela, il lui donne des « conseils » pour qu'il ne retombe pas dans le péché.

pitié de ceux qui souffrent et pratique la charité[1] : c'est la plus grande vertu du chrétien. Voilà ce qu'il faut que tu fasses pour racheter tes péchés et retrouver Dieu. Dis-moi si tu es prêt à cela.

– Oui, je le veux de tout mon cœur.

– Alors, je te demande de rester avec moi deux jours entiers et, par pénitence, de prendre la même nourriture que moi.

Perceval ne fit aucune objection. L'ermite lui dit alors en secret à l'oreille une prière, qu'il lui répéta jusqu'à ce qu'il la sache. Elle contenait beaucoup de noms de Notre-Seigneur, et elle était d'une telle puissance qu'on ne devait la prononcer qu'en cas de péril extrême, en danger de mort.

Perceval resta donc chez l'ermite. Ce soir-là, il eut à manger ce qu'il plut au saint homme : rien que des herbes, cerfeuil, laitue et cresson ; du pain d'orge et d'avoine et l'eau claire de la fontaine. Il passa ces jours à adorer Dieu et à regretter ses péchés. Le troisième jour était le dimanche de Pâques● : il reçut la communion et son cœur fut rempli de paix.

1. **Charité** : amour des autres.

● **Chez les chrétiens, la *semaine sainte* commémore l'histoire de Jésus : si le *vendredi saint* est un jour de deuil et de pénitence qui rappelle sa passion (souffrances) et sa mort, le *dimanche de Pâques* (trois jours après) fête sa résurrection : les chrétiens croient en effet que Jésus est revenu à la vie au bout de trois jours.**

17

Partinal de la Vermeille Tour

Perceval prit congé de l'ermite et se remit en route, tout pensif. Plus que jamais, il voulait retrouver le château du Roi Pêcheur, car il avait compris quelles avaient été ses erreurs.

Il chemina ainsi jusqu'au soir. Au sortir d'une forêt, il regarda sur sa gauche et aperçut une cité fortifiée, construite sur la mer. Au plus haut de la ville se dressait un donjon carré, fait de pierres de grès ; à chaque créneau de la tour était suspendu un écu vermeil. Perceval se dirigea de ce côté afin d'y chercher un gîte pour la nuit. Il aurait mieux fait de s'en abstenir ! Une dame vint à sa rencontre, accompagnée d'un petit garçon de deux ans et demi. Quand il l'eut saluée, il formula sa demande, et elle lui accorda très volontiers de loger en ces lieux :

– Seigneur, la coutume qui est établie dans ce château veut que je vous reçoive. Que Dieu qui est au Ciel vous préserve de toute mauvaise aventure !

Elle ne voulut pas lui dire un mot de plus et le conduisit dans la grande salle. Le chevalier fut désarmé et revêtu d'une belle cotte fourrée. Mais j'ai bien peur qu'il ne doive payer cher ces faveurs, avant de s'en aller !

Quand Perceval fut prêt, il se retourna et vit, au milieu de la salle, un long coffre d'ivoire ouvragé ; une étoffe de soie le recouvrait, brodée d'or et d'argent, et cousue de pierres précieuses. Aux quatre coins brûlaient des cierges ardents posés dans des candélabres[1] d'or. Sur le côté, le coffre était fermé par une serrure, une clef d'or pendait au bout d'une chaînette.

Quand Perceval aperçut le coffre, étonné d'une pareille richesse, il voulut savoir s'il y avait dedans des reliques :

– Dame, racontez-moi quelles reliques sont dans ce coffre, car je vois qu'il est recouvert d'une étoffe extraordinairement précieuse.

– Seigneur, que Dieu me protège, je n'en sais rien, en vérité, car nul n'a jamais pu l'ouvrir depuis qu'il est arrivé ici. Voici l'histoire : il y a plus de cinq ans, nous vîmes venir sur ce rivage un cygne, quitirait une barque attachée à son cou par une chaîne d'argent. À ses cris, mon mari accourut, avec tous ses hommes. Ils trouvèrent dans le bateau ce coffre avec ces chandeliers, ainsi qu'un message. Et savez-vous ce qui était écrit ? Que nous devions le garder dans ce château, et que nul ne pourrait l'ouvrir, sinon le meilleur chevalier du monde. Mais lorsqu'il l'aurait ouvert, ce serait alors un grand chagrin pour mon époux et pour nous tous. C'est pour cette raison qu'ils guettent chaque jour le grand sentier qui vient de la forêt. Les chevaliers qui cherchent aventure viennent ici essayer d'ouvrir ce coffre, mais je puis vous jurer que personne encore n'y est parvenu ; même Monseigneur Gauvain, le neveu du roi Arthur, a échoué. Voici la coutume de ce château. Que Dieu vous assiste, pour que vous puissiez sortir de cette épreuve avec succès !

Là-dessus arriva le seigneur du château, qui s'appelait Partinal de la Vermeille Tour, en compagnie de ses hommes, des chevaliers vaillants et hardis. Il se dirigea vers Perceval, sans le saluer.

– Chevalier, avant de manger ou de boire, il vous faut tenter d'ouvrir le coffre. Vous ne pouvez vous dérober, alors faites-le sans tarder.

1. **Candélabres** : grands chandeliers à plusieurs branches.

– Je n'ai pas oublié ce que m'a dit la dame de ces lieux, et je n'ai rien refusé.

Sur ces mots, le jeune homme se leva et se dirigea tout droit vers le coffre. Il prit la clef et la mit facilement dans la serrure. Le seigneur et ses amis s'approchèrent et l'entourèrent. Perceval donna un simple tour de clef et le coffre s'ouvrit aussitôt ; il en souleva le couvercle. Tous se pressaient autour de lui pour voir ce qu'il y avait dedans. Ils regardèrent et virent un chevalier couché, mort, le corps recouvert d'un riche drap de soie. Au grand étonnement de tous, une douce odeur sortait du coffre, plus suave que l'encens et la myrrhe[1]. Sur le corps reposait un message écrit en lettres d'or. Le seigneur tendit la lettre à son chapelain[2], afin qu'il lui en fît la lecture :

– Seigneur, fit celui-ci, regardez bien sous ce drap. Le mort qui gît dessous, ne l'avez-vous pas connu, quand il était en vie ? Car ce message dit que celui qui a pu ouvrir le coffre est son meurtrier !

Le seigneur souleva le drap de pourpre et découvrit le visage du mort. Il l'examina et reconnut son frère ; son œil avait été percé par un javelot, qui avait pénétré jusqu'à la cervelle. Il se tourna vers ses compagnons et s'écria d'une voix forte :

– Seigneurs, c'est mon frère, le Chevalier Vermeil, qui gît ici, mort.

À ces mots, il s'évanouit de douleur. Quand il revint à lui, il laissa éclater son deuil et sa colère :

1. **L'encens et la myrrhe** : parfums rares et précieux, qui servaient à embaumer les morts dans l'Antiquité.
2. **Chapelain** : religieux attaché au service de la *chapelle* dans un château. C'est souvent la seule personne qui sache lire car, au XIIe siècle, les seigneurs étaient généralement illettrés.

– Voici donc le grand chagrin qui nous était promis ! Je retrouve enfin mon frère, et il est mort ! La seule joie que ce monde peut encore m'offrir, c'est la vengeance !

Perceval, voyant cette douleur, comprit bien qu'il aurait du mal à sauver sa vie, si Dieu ne l'aidait. Il n'avait autour de lui que des ennemis qui le haïssaient à mort.

Partinal se tourna vers lui.

– Chevalier, moi seul ai le droit de prendre votre vie. Je vengerai ainsi la mort de mon frère que vous avez tué par trahison. Car je ne vois aucune autre possibilité : vous l'avez assassiné lâchement.

– Seigneur, je refuse l'accusation de trahison. Je suis désolé d'avoir tué le Chevalier Vermeil, mais il était dans son tort. Dans son orgueil insensé, il m'a frappé le premier, d'un violent coup de lance par le travers des épaules. Comment en sommes-nous venus là ? J'étais assez sot et naïf pour croire que le roi Arthur m'avait fait don de ses armes vermeilles. Je croyais qu'il suffisait que je les exige pour les obtenir, je l'ai même menacé de les lui prendre de force. Courroucé[1] par mes paroles, il m'a alors frappé, sans préavis, de sa lourde lance. J'ai aussitôt riposté en lui lançant mon javelot, qui lui a pénétré dans l'œil jusqu'à la cervelle. Il mourut de ce coup, j'en suis navré. Mais je suis prêt à vous offrir réparation : vous pouvez aisément comprendre que je l'ai tué par ignorance, mais, à la vérité, il m'avait frappé le premier.

– La seule réparation que je désire, c'est ta mort. Mais il ne sera pas dit que je t'ai tué de façon lâche et vile[2], alors que tu étais désarmé dans ma demeure. Voilà ce que nous ferons : je te ferai rendre tes armes, et demain matin, à l'extérieur de ma cité, il te faudra combattre contre moi.

1. **Courroucé** : mis en colère, irrité.
2. **Vile** (masc. *vil*) : dénuée de dignité, de courage.

Ainsi fut-il décidé. Le lendemain matin, dans la prairie, tout le monde s'était rassemblé. La femme du seigneur était là avec son fils, ainsi que les chevaliers, assez fâchés qu'on ne leur ait pas permis de se mêler de l'affaire.

Perceval monta sur son destrier, mit en place son heaume et pendit son écu à son cou. À son côté, il avait sa bonne épée, que lui avait jadis donnée le Roi Pêcheur. Il prit sa grosse lance de sapin au fer acéré et se prépara à défendre sa vie. Partinal était bien armé, et monté sur un cheval robuste et rapide ; il brûlait de se battre. Il ne redoutait pas Perceval, et il s'était juré de le tuer ou de l'estropier[1].

Les adversaires éperonnèrent leurs chevaux et s'affrontèrent, lance baissée. Le choc fut d'une telle force que les fers percèrent les écus. Les mailles des hauberts se rompirent en plusieurs endroits. Au second assaut, les lances volèrent en éclats et il ne leur resta plus que des tronçons. Mettant pied à terre, ils sortirent leurs épées du fourreau ; chacun se prépara à se protéger de son écu. Partinal porta un coup furieux qui fit voler le heaume de son adversaire. Voilà Perceval en grand danger, si Dieu ne le protège ! Il leva à son tour son épée et en asséna un coup violent, qui ne rencontra que l'écu de Partinal. C'est alors que l'épée se brisa en deux morceaux, laissant Perceval désarmé : sa mort était assurée !

Il lui revint alors à l'esprit la prière que lui avait apprise le saint ermite : seul Dieu et son saint nom pouvaient le sauver de ce péril.

Déjà Partinal courait vers lui l'épée levée pour le tuer, quand se fit entendre un son argentin dans la campagne. C'était la cloche d'un monastère qui appelait à la prière. Partinal laissa retomber son bras ; son cœur fut touché de pitié et il renonça à sa colère et à sa vengeance.

1. **Estropier** : priver quelqu'un de l'usage d'un ou de plusieurs de ses membres, blesser.

– Je n'ai jamais tué un adversaire désarmé. À quoi me servirait ta mort ? Elle ne rendrait pas la vie à mon frère. Les tiens ne cesseraient de chercher vengeance contre moi et mon fils, et la haine ne finirait jamais entre nos deux lignages. Va donc en paix, j'empêcherai mes hommes de te nuire.

– Seigneur, je n'ai jamais rencontré une telle générosité chez un adversaire. C'est Dieu, je crois, qui vous a inspiré ces nobles sentiments. Mais pourrais-je vous rendre en retour quelque service, en réparation des dommages causés à votre famille ?

– Tu le peux, certes. Depuis cinq ans, mon lignage est brouillé avec le roi Arthur. Mon frère avait eu la folie de se rebeller contre le roi, qui ne l'a pas oublié. J'aimerais faire ma paix avec lui, puisque tu es un de ses fidèles.

– Je ne manquerai pas de parler en votre faveur, cher seigneur. Le roi est généreux, et toujours prêt à accueillir à ses côtés des chevaliers de valeur.

Là-dessus, ils se séparèrent. Perceval alla rechercher dans l'herbe les morceaux de son épée, et il les replaça dans son fourreau ; montant sur son cheval, il s'enfonça dans la forêt.

18

L'épée brisée

Perceval chevauchait dans la forêt, à la fois heureux et affligé. Il était heureux d'avoir échappé à la mort, et remerciait Dieu de l'avoir ainsi sauvé du courroux de Partinal. Mais il était affligé d'avoir brisé en deux son épée, cette épée magnifique que lui avait offerte le bon Roi Pêcheur. Il se souvenait de la prédiction de la jeune fille, sa cousine, rencontrée au lendemain de sa nuit au château du Graal : cette épée se briserait dans un combat, et seul pourrait la ressouder celui qui l'avait façonnée, le forgeron Trébuchet, qui demeurait au lac de Cotoatre.

Il chemina pendant plusieurs jours et parvint ainsi dans une contrée verdoyante. Il vit les champs labourés, les vignobles et les rivières qui descendaient en bordure d'un grand lac. Sur la rive, non loin d'une ville fortifiée, se dressait un manoir ; il se dit qu'il y demanderait l'hospitalité pour la nuit.

Il y fut très bien reçu par un vavasseur, qui s'occupa de lui avec courtoisie. Comme ils avaient fini de dîner, lui et son hôte s'approchèrent d'une fenêtre qui donnait sur le lac et la ville. La nuit était presque tombée, mais on distinguait le château. Et il sembla à Perceval qu'il voyait la flamme d'une grande fournaise, une flamme bleuâtre qui paraissait sortir d'un mur, par le trou d'une cheminée. Il demanda à son hôte ce qui pouvait jeter une telle flamme.

– Je vous dirai toute la vérité à ce sujet, sans vous tromper aucunement. Ce château est la demeure d'un forgeron d'un très grand âge. Un roi le lui donna pour le récompenser des trois épées qu'il avait fabriquées. Dans ce château se trouve la forge où il les fit toutes trois. L'une de ces épées, plus tranchante et dure que toute autre, lui donna tant de peine qu'il mit un an entier à la forger. Il déclara qu'elle ne serait brisée que lors d'un seul péril, qu'il était seul à connaître. Cette épée prodigieuse ne pourrait être réparée que par lui. Quant à cette flamme azurée que vous voyez, différente de toutes les autres, elle ne s'est jamais éteinte depuis. Pourtant, on ne ranime pas le feu, et lui n'a plus jamais rien voulu forger : il sait bien en effet que lorsqu'il aura reforgé cette épée, il ne tardera pas à mourir.

« Je vous ai exposé toute la vérité. Mais sachez qu'au pied du pont-levis du château, se trouvent deux dragons enchaînés. Les gens de sa maison n'ont rien à craindre d'eux, c'est pourquoi la porte reste ouverte. Mais s'il se présentait un jour dans cette contrée quelqu'un qui viendrait pour ressouder l'épée, ces horribles dragons le tueraient. Sachez que, à moins de savoir voler comme un oiseau, il est impossible d'entrer dans ce château. »

Perceval fut tout heureux de ces paroles. Il avait trouvé l'endroit où les morceaux de son épée pourraient être ressoudés. Il demanda à son hôte :

– Cher seigneur, comment se nomme ce château qui est si beau ?

– Seigneur, c'est le château du lac de Cotoatre.

Perceval alla se coucher en pensant à sa bonne épée, et au forgeron qui, demain, s'il plaisait à Dieu, la réparerait. Il se leva de bon matin et alla entendre la messe, dite par le chapelain du manoir. Après avoir déjeuné d'un chapon rôti, il s'arma rapidement. Il monta à cheval sans attendre et s'arma de sa lance ; il avait à son côté l'épée tronçonnée en deux morceaux dans son fourreau, mais il lui fallait trouver une autre arme pour la remplacer. Voyant une grande hache pendue au mur, il s'en empara, puis s'avança vers le château.

Il arriva non loin de la porte où les dragons étaient enchaînés sur le pont. Ils étaient féroces et hideux : les affronter, c'était aller à la mort.

Le vavasseur le rejoignit :

– Cher seigneur, quel est votre projet ?

– Je veux entrer dans ce château pour y faire ressouder mon épée. Et pour cela, il me faudra venir à bout des deux dragons qui gardent la porte.

Les habitants de la ville étaient accourus pour se rassembler autour de lui. Ils le supplièrent :

– Seigneur, n'y allez pas, par pitié de vous-même. Voulez-vous donc mourir ? Abandonnez cette idée ! Nous avons vu beaucoup de vaillants chevaliers périr misérablement, brûlés par le feu que ces maudits dragons jettent par la gueule. Vous n'y pourrez résister !

Mais Perceval n'hésita pas. Il plaça son écu devant son visage pour se garder des flammes et invoqua la protection de Dieu. Le voilà sur le pont face aux deux bêtes terrifiantes. Quand les dragons le virent venir, ils semblèrent pris de folie. Chacun hérissait sa crête, jetant d'ardentes flammes ; ils tiraient de toutes leurs forces sur leurs chaînes pour l'atteindre. Mais Perceval brandit sa grande hache et d'un coup trancha les deux pattes d'un des dragons, qui fut forcé de reculer. L'autre se précipita vers lui et ficha dans son écu ses griffes d'acier, si profondément qu'il lui était impossible de s'en débarrasser. Perceval le lui abandonna : le dragon tout empêtré ne put rien faire quand il leva sa hache. Il lui trancha le cou, et la tête, noire et hideuse, tomba dans l'eau. L'autre dragon accourut et frappa le chevalier de sa queue monstrueuse. Perceval fut renversé, mais, bondissant sur ses pieds, il courut à nouveau vers lui : avec rage, il abattit la hache dans sa gueule, si profondément qu'il atteignit les entrailles. Une fumée ardente s'en échappa, manquant de le brûler, mais le dragon était bien mort.

Quand le vavasseur et tous les habitants du château virent que Perceval avait tué les deux grands dragons hideux, leur chagrin se changea en joie. Ils lui amenèrent son cheval, et le jeune homme, après avoir récupéré son écu des griffes du dragon, entra dans la demeure. Il y trouva le maître de maison et, voyant son grand âge, le salua avec respect :

– Seigneur, que Dieu vous sauve !

À ces mots, le vieillard aux cheveux blancs se mit en colère.

– Soyez le mal venu, car je sais bien ce que vous cherchez. Êtes-vous donc entré en volant, puisque je vous vois devant moi ?

– Non, j'ai vaincu les grands dragons ; grâce à Dieu, j'ai fini par les tuer tous les deux. Mais indiquez-moi sans tarder où je pourrais trouver le forgeron.

– Et que lui voulez-vous ?

– Il faut qu'il refasse mon épée, par Dieu.

Quand l'autre entendit ces paroles, son sang ne fit qu'un tour ; il sauta sur ses pieds et aperçut à son flanc l'épée qu'il avait forgée lui-même.

– Chevalier, je sais bien qu'elle s'est brisée. Il était écrit qu'elle le serait : cela n'a pas manqué. Sachez que c'est moi qui dois la réparer, et personne d'autre. Donnez-moi donc cette épée, je rassemblerai les pièces.

Le forgeron, avec deux grands soufflets, raviva le feu qui ne s'était jamais éteint. Il prit les morceaux des mains de Perceval et les raccorda. Il reforgea si bien l'épée que nul n'aurait pu voir qu'elle avait un jour été brisée. Il polit l'acier et reforma les lettres de l'inscription, puis la lui tendit :

– Seigneur, soyez sûr que cette épée ne se rompra jamais plus. Elle est digne de vous, car vous êtes le meilleur chevalier du monde. Vous avez affronté des épreuves bien périlleuses en recherchant le château du Graal, mais sachez que le terme de votre quête est proche.

Sur ces mots, il lui rendit l'épée. Le chevalier la ceignit et prit congé. Franchissant la porte et le pont, il retrouva le vavasseur et tous les braves gens de la ville : ils auraient bien voulu le retenir, mais ils durent se contenter de l'accompagner quelque temps sur le chemin.

Perceval chevaucha sans plus tarder, mais à peine eut-il perdu de vue le château qu'il entendit sonner les cloches : c'était pour la mort de Trébuchet, qui avait reforgé sa bonne épée, tranchante et dure.

19

Le retour au château du Graal

Perceval chemina pendant plusieurs jours parmi des terres désertes, sans rencontrer personne. Ne trouvant nulle demeure pour l'héberger, il dut dormir une nuit au pied d'un arbre, et une autre dans la grange d'un paysan. L'espoir pourtant ne l'abandonnait pas, et il ne cessait de prier Dieu qu'il lui accorde de retrouver le château du Graal.

Le troisième jour, alors qu'il traversait une profonde forêt, il crut voir au loin, à travers les arbres, un jeune garçon, mais il le perdit de vue. Il continua d'avancer dans cette direction et perçut un mouvement derrière un gros rocher : c'était un paysan qui ramassait du bois, lui sembla-t-il. Il lança son cheval pour le rejoindre, et quand il fut plus près, il lui parut que c'était un vieillard. Il décida de l'interroger :

– Dieu te bénisse, noble vieillard.

– Tu as raison de te réjouir de ma rencontre, Perceval, et pourtant, tu ignores encore pourquoi.

– Mais comment savez-vous mon nom ?

– Avant même ta naissance, je connaissais ton nom ! Je sais aussi ce que tu recherches depuis longtemps : la demeure de ton oncle, le Roi Pêcheur.

– Seigneur, je suis stupéfait ! Je ne vous ai jamais rencontré. Qui êtes-vous, pour savoir si bien qui je suis et ce que je cherche ?

– Je ne te mentirai pas. On m'appelle Merlin●, et je suis venu à toi, car il est temps que tu retrouves la terre de ton lignage.

● Merlin, surnommé l'Enchanteur, est l'un des personnages des romans arthuriens. Réfugié dans la forêt, il a le pouvoir de changer de forme à volonté et de prédire l'avenir.

– Ah ! Merlin, j'ai beaucoup entendu parler de vous, et si vous me dites que je vais revoir ce château, je vous crois, car vous êtes un puissant prophète. On dit aussi que vous avez pouvoir de prendre la forme que vous voulez.

Le vieillard se mit à rire.

– Eh oui ! Tu viens de l'apprendre à tes dépens : le jeune garçon, c'était moi ; moi encore, le paysan qui ramassait du bois !

– Au nom du Ciel, dites-moi alors comment je pourrai parvenir à la demeure du riche Roi Pêcheur.

– Ce n'est pas bien difficile. Au sortir de cette forêt, tu verras une rivière profonde et rapide, aux eaux noires et bouillonnantes. Suis-la, et tu arriveras au château du bon roi. Mais là, souviens-toi de ce que tu dois faire, et ne laisse pas le roi souffrir plus longtemps !

– Seigneur, depuis cinq ans, je ne pense qu'à ces questions que je n'ai pas posées.

– Alors, marche dans la direction que je te montre.

Perceval se tourna pour voir le chemin à prendre ; quand il voulut remercier son guide, il n'y avait plus personne, mais il entendit, au fond du bois, l'écho d'un rire●.

Perceval remercia le Ciel de cette rencontre et se mit en route à travers la forêt. Il ne tarda pas à trouver la rivière et descendit vers le chemin qui longeait la rive : c'était là qu'il avait rencontré jadis le roi pêchant dans sa barque. Il reprit le sentier montant vers la colline, et là, parvenu au sommet, il découvrit dans le vallon le château qu'il avait tant cherché.

Il se présenta à la porte de la salle, où il fut reçu avec la même courtoisie : on s'occupa de son cheval et de ses armes, et il fut

● **Le *rire* de Merlin accompagne ses prédictions : c'est un signe de ses pouvoirs prophétiques.**

revêtu d'un magnifique bliaut de soie pourpre. Il fut aussitôt conduit auprès de son hôte. Dès qu'il le vit, le roi se dressa comme il le put du lit où il était allongé, et fit asseoir Perceval à côté de lui. Le jeune homme se sentit tout affligé de ses souffrances, et des larmes lui montèrent aux yeux.

– Ah, seigneur, j'ai tant regretté mes erreurs ! Depuis plus de cinq ans, j'ai cherché à revenir ici pour les réparer, mais en vain.

– Perceval, ces cinq ans n'ont pas été perdus. Il fallait que tu connaisses bien des épreuves pour te rendre digne de ton destin. Les exploits chevaleresques ne suffisent pas : nul ne peut parvenir à rien s'il n'est aidé de Dieu.

Pendant qu'ils parlaient, les tables avaient été mises, les luminaires apportés, et les convives s'étaient rassemblés pour le repas. On vit alors sortir d'une chambre le jeune homme portant la lance d'une blancheur éclatante, où perlaient les gouttes de sang. Perceval se tourna vers le roi.

– Seigneur, ces gouttes de sang qui coulent sans cesse jusqu'à la main qui tient la lance, d'où viennent-elles ? Pourquoi le fer étincelant saigne-t-il ?

– Cette lance ne cessera jamais de saigner : c'est elle qui a frappé le coup douloureux qui m'a blessé. C'est à cause d'elle que je suis devenu infirme, et que mon royaume est devenu une Terre Gaste. Mais un chevalier est venu, Gauvain, le neveu du roi Arthur, et il nous a été d'une aide précieuse : grâce à lui, laTerre Gaste a retrouvé sa prospérité. Quant à cette lance, elle a cessé d'être une menace, elle ne ravagera plus nul royaume. Elle ne peut plus que pleurer éternellement des larmes de sang pour le coup félon qu'elle a jadis porté.

Une grande lumière se fit alors dans la salle. Précédée des deux porteurs de candélabres, une jeune fille d'une beauté radieuse s'avança, tenant dans ses mains le Graal. Et comme elle passait auprès des tables, celles-ci se trouvèrent garnies, pour chaque convive, des mets les plus délicats.

– Seigneur, s'écria Perceval, me direz-vous enfin à qui l'on fait le service du Graal, que j'ai vu porter à travers cette salle● ?

Et comme il se tournait vers le Roi Pêcheur, il s'aperçut que celui-ci était guéri : son visage avait retrouvé ses couleurs et il se redressa pour s'asseoir sur le lit.

– Sois béni pour la question que tu viens de poser, car elle m'a rendu la santé. Je vais te répondre : celui à qui l'on porte le Graal est mon père. C'est un saint homme fort malade : il ne se nourrit que de l'hostie qui repose dans le Graal.

– Mais comment se fait-il qu'au passage du Graal, les tables aient ainsi été couvertes de nourritures délicieuses ? Pourquoi le Graal repasse-t-il à chaque service du repas ?

– Le Graal est une telle merveille qu'il procure à chacun ce dont il a besoin. S'il apporte à mon père l'hostie qui suffit à sa vie, il donne à tous les habitants de ce château, et à moi-même, des nourritures qui soutiennent nos corps. Même au temps où ce royaume a été une Terre Gaste, nous n'avons manqué de rien, par le pouvoir nourricier du Graal.

– Je suis heureux de connaître les bienfaits de ce Graal si précieux, et encore plus de vous voir en pleine santé. Mais pourrais-je vous demander encore autre chose ?

– Parle librement.

– Il n'y a guère longtemps, j'ai rencontré un saint ermite qui m'a dit qu'il était votre frère, et aussi celui de ma mère. Êtes-vous donc bien mon oncle ?

● **Perceval pose la question qui va sauver le Roi Pêcheur. C'est ainsi que s'achève le second cycle des aventures de Perceval.**

– Tu as dit vrai : tu es mon neveu, et le vieux roi malade est ton aïeul. Tu es le dernier descendant mâle d'un lignage prestigieux, qui règne depuis des siècles sur ce royaume. C'est pour cette raison que tu étais le seul à pouvoir nous sauver de la grande détresse où nous avait mis le coup félon.

Perceval était rempli de joie. Il serait bien resté plus longtemps à parler avec son oncle, le Roi Pêcheur, mais les préparatifs du coucher avaient commencé et l'on se sépara pour dormir.

Le lendemain matin, le Roi Pêcheur trouva Perceval tout pensif ; appuyé à la haute fenêtre de la salle, il laissait errer son regard sur les bois et les prés.

– Mon cher ami, dit le roi, je vois qu'un souci te tourmente. N'es-tu pas heureux de te trouver en ces lieux, dans ce château qui vit naître ta mère ?

– Mon cher oncle, aucun lieu ne saurait me plaire davantage que celui-ci. Par-dessus tout, je me réjouis d'avoir pu réparer mes fautes envers vous et les vôtres. Mais je me souviens d'une promesse que j'ai faite, il y a plus de cinq ans, et que je n'ai jamais tenue.

– Certes, mon neveu, ce souci est juste. Un homme de bien doit tenir ses engagements, quoi qu'il en coûte. Mais dis-moi, quelle promesse as-tu faite ?

– Il y a plus de cinq ans, il m'arriva de porter secours à une noble jeune fille assiégée dans son château. Après avoir vaincu ses ennemis, je devins l'ami de la belle Blanchefleur. Tous les siens voulaient que je l'épouse et devienne aussi seigneur de sa terre ; j'aurais bien aimé rester auprès d'elle, mais j'étais tourmenté du sort de ma mère que j'avais laissée dans la Forêt

Déserte. Je lui jurai donc que je reviendrais, dès que je le pourrais, à Beaurepaire. Son souvenir ne m'a jamais quitté, et jamais aucune autre femme n'a ému mon cœur●.

– Mon ami, ce sont là de nobles sentiments. Voilà ce que je te conseille : envoie un messager à cette jeune fille. Si son cœur t'est resté fidèle, elle te le fera savoir.

Perceval confia donc un message à un chevalier très expérimenté qui partit pour Beaurepaire accompagné d'un écuyer.

C'est en ces jours que le vieux roi malade mourut. Son âme était en paix, car il avait vu son petit-fils, et le royaume était désormais en sécurité entre les mains du Roi Pêcheur. On lui fit des funérailles magnifiques, mais personne n'était triste ; on savait bien, en effet, qu'il n'aspirait qu'à une seule chose : rejoindre au Ciel son Créateur.

Au dixième jour après ces événements, on annonça au roi qu'une petite troupe était en marche vers le château. Il monta en haut de sa tour : on distinguait des écus brillants et des bannières colorées flottant au vent. Perceval, qui avait rejoint son oncle, regarda attentivement ; il vit luire au soleil des cheveux blonds plus brillants que l'or.

– Par ma foi, seigneur, c'est mon amie Blanchefleur. Mon cœur tressaille de joie à sa vue. Permettez-moi, seigneur, d'aller l'accueillir.

Il descendit de la tour aussi vite qu'il le put. Le cortège arrivait devant le château. Aucune bouche humaine ne saurait décrire la joie de Perceval et de son amie lorsqu'ils se retrouvèrent. Blanchefleur lui jeta les bras autour du cou et l'embrassa plus

● **Perceval apparaît ici comme un chevalier noble et fidèle, un parfait *fin'amant** qui n'a jamais oublié sa promesse.**

de cent fois : elle avait souvent craint pour sa vie, mais elle n'avait jamais douté de son amour.

Tous les habitants du château étaient sortis pour manifester leur joie aux arrivants. Perceval, détachant enfin ses yeux de son amie, se tourna vers ceux qui l'avaient accompagnée. Au premier rang d'entre eux, il reconnut Gornemant, le sage chevalier qui lui avait appris à se servir des armes.

– Seigneur, soyez mille fois remercié pour avoir conduit à moi Blanchefleur, mon amie. Je vous dois déjà beaucoup, à vous qui m'avez fait chevalier. Mon vœu le plus cher serait d'épouser votre nièce.

– Ami, dit le vavasseur, tu l'as bien mérité puisque tu l'as jadis défendue contre des ennemis redoutables. Beaurepaire a retrouvé sa prospérité et sera désormais défendu par un de mes fils, puisque tu vas épouser ton amie.

On célébra donc les noces de Perceval et de Blanchefleur. Ils échangèrent devant tous leurs serments d'amour et de fidélité. Au milieu de la joie générale, le Roi Pêcheur s'adressa à Perceval :

– Écoutez-moi bien, vous, douce Blanchefleur, et toi, mon cher neveu. Votre mariage ravit mon cœur, car Dieu vous donnera une nombreuse et valeureuse descendance. Le destin qui m'a jadis frappé m'a empêché d'avoir des enfants. C'est toi, Perceval, le fils de ma sœur chérie, qui as sauvé ce royaume : quand l'heure viendra, tu régneras sur cette terre et tu seras à ton tour gardien du Graal.

Anne-Marie Cadot-Colin d'après Chrétien de Troyes,
Perceval ou le Conte du Graal,

Combat de chevaliers. Miniature du XIV*e siècle extraite de* Estoire du Graal, *de Robert de Boron. BNF, Paris.*

LE DOSSIER

Perceval ou le Conte du Graal

Un roman de chevalerie fondateur

REPÈRES

PARCOURS DE L'ŒUVRE

TEXTES ET IMAGE

Qu'est-ce qu'un roman de chevalerie ?

Le genre littéraire du roman naît au XIIe siècle, avec la traduction en langue romane* (langue populaire par opposition au latin, langue savante) de récits de l'Antiquité gréco-romaine. Parallèlement, se développe le roman de chevalerie* qui puise son inspiration dans la société féodale et la « matière de Bretagne ».

● LA « MATIÈRE DE BRETAGNE »

La « matière de Bretagne* » désigne un ensemble de légendes et de récits transmis oralement par des conteurs armoricains (Bretagne française) et gallois (Grande-Bretagne). Cette « matière » va donner naissance, entre 1150 et 1250, aux romans appelés « bretons » ou encore « arthuriens ». En France, c'est le poète anglo-normand Robert Wace qui, en 1155, fait connaître la « matière » avec *Le Roman de Brut*, où la Table ronde est mentionnée pour la première fois.

Brut *est le diminutif de* Brutus *(Troyen descendant d'Énée), ancêtre mythique des Bretons.*

Chrétien de Troyes, à sa suite, met lui aussi en scène le roi Arthur, ses chevaliers et la Table ronde mais il situe ses romans à la cour du roi, durant les années de paix du règne, et leur donne pour cadre les exploits chevaleresques et l'amour courtois.

La Table ronde

Wace raconte que c'est Merlin – dit l'Enchanteur en raison de ses pouvoirs surnaturels –, le conseiller du roi Arthur, qui lui suggère de créer une table autour de laquelle ne pourront s'asseoir que les meilleurs chevaliers du royaume. Sa forme ronde renvoie à l'absence de hiérarchie entre les chevaliers, qui sont tous frères et tous égaux. Chez Chrétien, y prennent place des chevaliers qui, tout en étant bien individualisés, incarnent les valeurs de la chevalerie et de la courtoisie : Gauvain, le neveu d'Arthur, vaillant et mesuré ; Yvain, preux et fier, type accompli du chevalier ; Lancelot, vaillant guerrier et parfait amant...

• LE PERSONNAGE DU CHEVALIER

Dans la société médiévale, le chevalier occupe une place de plus en plus importante. C'est ce que reflète le roman de chevalerie, centré sur le récit des exploits chevaleresques d'un héros solitaire et errant, en quête d'aventures.
Cependant, avant de devenir chevalier, une longue formation est nécessaire : le jeune homme doit apprendre à monter à cheval, à combattre, à chasser... Ensuite, il devient écuyer et sert des chevaliers. Ce n'est que vers vingt ans qu'il devient chevalier à son tour, lors d'une cérémonie, l'adoubement (voir note p. 17). Une fois adoubé, il est équipé d'un heaume* d'un écu*, d'un haubert*, d'une épée et d'un bon cheval. Il peut alors partir en guerre et s'illustrer au combat. Mais, pour accomplir ses prouesses, il doit beaucoup s'entraîner et participer à des tournois.

En temps de paix, les chevaliers organisent pour le plaisir de fausses batailles, les tournois, où ils respectent des règles bien précises. Ils combattent groupe contre groupe, ou par deux, à pied ou à cheval. Les tournois sont de grandes fêtes où les seigneurs et le peuple viennent encourager leur champion préféré. Pendant le tournoi, le chevalier porte les couleurs de sa dame.

• LES VALEURS CHEVALERESQUES

Le roman de chevalerie reflète le code de l'honneur du chevalier : celui-ci doit être preux, c'est-à-dire faire preuve de courage, de vaillance et de bravoure. Il doit défendre les plus faibles, aider son prochain, ne pas se déshonorer (ne pas attaquer ni tuer un ennemi désarmé) et faire preuve de générosité. Enfin, il doit être fidèle à son seigneur, à son Dieu et à sa dame.
En effet, l'autre facette des valeurs chevaleresques est l'amour courtois* : le chevalier doit se mettre au service de sa dame – de haut lignage et inaccessible –, l'honorer et lui rester fidèle. Dans cette relation, la femme est la suzeraine et l'amant est son vassal. Le chevalier doit gagner l'amour de sa dame par tous les moyens, au prix des aventures les plus folles : c'est le « service d'amour ».

C'est-à-dire qu'à l'image de la société féodale où il doit obéissance à son seigneur, le chevalier doit faire preuve d'une soumission absolue à sa dame (voir note 1 p. 28).

Qu'est-ce que le mythe du Graal ?

Même si Chrétien de Troyes revendique dans le prologue une source littéraire (« un livre fort ancien »), il est le premier auteur à mettre au centre de son récit un graal. Pourquoi a-t-il tenu à intituler son roman* Le Conte du Graal *alors même que l'objet n'apparaît que tardivement dans le récit ? Quelle est donc la véritable fonction de cet objet mystérieux ?

● LA NAISSANCE D'UN MYTHE

Un mythe* est un récit ancien cherchant à expliquer les origines de l'univers, la formation du monde ou encore la naissance de l'homme. Parallèlement à ces mythes explicatifs, existent les mythes littéraires, qui posent des questions sans pour autant y répondre. Tel est le cas du mythe du Graal. En effet, la véritable nature du Graal, ses éventuels pouvoirs, son origine restent mystérieux. Toutes les questions posées par le Graal, associées à l'inachèvement du roman de Chrétien, ont suscité la curiosité de nombreux auteurs et engendré de multiples continuations* et réécritures du mythe, depuis le Moyen Âge jusqu'à nos jours.

Ainsi, dans Indiana Jones et la dernière croisade *(Steven Spielberg, 1989) le héros incarné par Harrison Ford tente de retrouver le Graal caché au fin fond d'un château infesté de nazis.*

Le Graal, un objet mystérieux

Quand Chrétien de Troyes écrit son roman, le substantif graal *désigne une « écuelle ». Dans* Perceval, *il s'agit aussi d'une sorte de grand plat creux. Mais Chrétien, par l'emploi mystérieux de cet objet usuel, confère au mot une connotation mystique. Le sens de « relique » ou « vase sacré » va procéder de cet emploi littéraire ; il est donc postérieur à la parution de* Perceval ou le Conte du Graal.

L'ÉLABORATION DU MYTHE

Pourquoi le texte de Chrétien a-t-il eu une telle portée ? L'objet est certes énigmatique mais il n'est pas la seule cause de l'engouement pour le mythe. Deux autres facteurs ont suscité l'intérêt. D'abord, le caractère initiatique du récit : Perceval, jeune Gallois, devient un chevalier abouti à l'issue d'une série d'épreuves. Ensuite, la dimension spirituelle de la formation du chevalier : Perceval, après avoir oublié Dieu, recherche un engagement, voire un dépassement spirituel.

Comme le texte était inachevé, des auteurs ont « continué », voire réécrit, le texte pour l'orienter dans deux directions. Au Moyen Âge, la plupart des continuateurs christianisent l'objet (voir ci-dessous). Plus tard, les continuateurs préfèrent préserver le caractère énigmatique de l'objet et axent leur récit sur la quête initiatique, le Graal devenant alors le symbole du dépassement de soi. Le mythe du Graal peut ainsi renvoyer à la quête d'un objet (concret ou abstrait) impossible à atteindre.

LA CHRISTIANISATION* DU MYTHE

Dès la fin du XIIe siècle, on trouve plusieurs *Continuations*. Ainsi, dans son *Roman de l'histoire du Graal*, Robert de Boron raconte l'histoire de l'objet après la mort du Christ. Ce texte est repris au XIIIe siècle dans les romans du cycle du *Lancelot-Graal*. Le poète allemand Wolfram von Eschenbach adapte la trame du récit de Chrétien dans son *Parzival* (début du XIIIe siècle). Ces versions font évoluer le mythe en le christianisant. Selon elles, la lance qui saigne est la « sainte lance » avec laquelle le centurion romain perça le flanc du Christ sur la croix, et le Graal devient le « Saint Graal », coupe dans laquelle Joseph d'Arimathie aurait recueilli le sang du Christ. Un chevalier digne de ce nom se doit de partir à la recherche du Graal qui, selon la légende, apportera l'immortalité à celui qui le trouvera.

Joseph d'Arimathie, homme bon et juste, réclame le corps de Jésus, l'embaume et l'ensevelit. C'est lui qui aurait rapporté le Graal en Angleterre et l'aurait caché dans le château de Corbenic. Les chevaliers de la Table ronde se lancent à sa recherche mais même les plus preux, Perceval et Lancelot, échoueront. C'est Galaad, le fils de Lancelot, le plus pur des chevaliers, qui pourra conquérir le Graal et contempler ses mystères.

Étape 1 • Analyser le prologue du roman

SUPPORT • Prologue.

OBJECTIF • Étudier les conditions de la production littéraire au Moyen Âge.

As-tu bien lu ?

1 Où l'auteur a-t-il trouvé le sujet de son livre ?

2 À qui Chrétien de Troyes dédie-t-il son roman ?

3 Quel est le personnage principal du roman ?
☐ Perceval ☐ Gauvain ☐ Yvain

La mise en scène de l'auteur

4 Quels verbes renvoient au travail de l'écrivain ?

5 Quelles fonctions du récit Chrétien de Troyes revendique-t-il ?
☐ émouvoir et instruire ☐ divertir et faire réfléchir
☐ divertir et émouvoir

6 Dans quel contexte littéraire Chrétien situe-t-il son récit ? Coche la bonne réponse.
☐ Roman de la Table ronde
☐ Roman de chevalerie
☐ Roman courtois
☐ Roman mythique
☐ Récit d'initiation

7 Par quelle formule demande-t-il l'attention des auditeurs/lecteurs ?

Les caractéristiques de la littérature médiévale

8 Qui entend et lit des histoires au Moyen Âge ? Cite le texte.

9 **a.** Peut-on se procurer facilement des livres au Moyen Âge ? Pourquoi ?
b. Comment les textes sont-ils diffusés à l'époque ?

10 Qui sont Gauvain, Lancelot et Yvain ?

La langue et le style

11 Quelle métaphore Chrétien emploie-t-il pour évoquer l'enseignement de son récit ?

12 Quels sont les pronoms personnels employés ? À qui réfèrent-ils ?

Pronoms employés	Référence

Faire le bilan

13 Que nous apprend le prologue ? Pour répondre, complète le texte avec les mots suivants : chevalier – mode de diffusion – mécène – action principale – identité littéraire – situation d'énonciation – objectifs – Graal – lus à haute voix.

Le prologue est l'occasion pour l'auteur de se nommer, de revendiquer son .... et de remercier son .... C'est aussi le moyen de définir les principaux .... de son récit, tout en résumant l'.................... : *Perceval ou le Conte du Graal* présente la formation d'un .... dont le destin est étroitement lié au .... Si le prologue nous informe sur le contenu du roman et sa ...., il fournit aussi des indications précieuses sur le .... des œuvres littéraires : les livres, rares, sont prêtés, ... et copiés pour de riches seigneurs.

À toi de jouer

14 Recherche sur Internet ce que sont un manuscrit, un copiste, une enluminure.

15 Choisis un livre qui te plaît et rédige un prologue à la manière de Chrétien de Troyes. Il faut que ton prologue contienne : une adresse au lecteur, les objectifs du récit, un hommage au mécène, un résumé de l'action et une injonction finale qui accroche l'attention du lecteur.

Étape 2 • Étudier la scène de combat contre Clamadeu des Îles

SUPPORT • Chapitre 7, de : « Ils l'accompagnèrent... » (l. 24) à : « Beaurepaire » (l. 85).

OBJECTIF • Étudier les principales caractéristiques d'un combat de roman de chevalerie.

As-tu bien lu ?

1 Qui est Clamadeu des Îles ?

☐ un chevalier du roi Arthur ☐ un monstre à trois têtes

☐ l'ennemi du château de Beaurepaire

2 Remets dans l'ordre les phrases qui résument les chapitres précédents.

a. Perceval tombe amoureux de Blanchefleur, la châtelaine de Beaurepaire, victime de Clamadeu des Îles.

b. Perceval arrive chez Gornemant, un noble seigneur qui lui apprend à se servir de ses armes et lui enseigne quelques règles de conduite.

c. Perceval obtient les armes du chevalier Vermeil puis part en quête d'aventures.

d. Après avoir quitté sa mère, Perceval rejoint la cour du roi Arthur pour devenir chevalier.

e. Rencontrant une jeune fille seule, il l'embrasse et lui vole son anneau et deux pâtés avant de repartir pour la cour d'Arthur.

f. Après avoir quitté son hôte, il chevauche jusqu'à un château fortifié délabré : Beaurepaire.

g. Perceval décide de porter secours à Blanchefleur et d'affronter Clamadeu des Îles.

3 Choisis le personnage qui correspond le mieux à chaque description : Perceval, Gornemant, Clamadeu des Îles, le sénéchal Keu, Blanchefleur.

.... : noble seigneur, courtois et généreux.

.... : belle jeune fille, aimable et désespérée.

.... : preux chevalier, en quête d'aventures.

.... : seigneur cruel et arrogant.

.... : persifleur passif et grossier.

Un combat singulier

4 **a.** Qu'est-ce qu'un « combat singulier » ? Lis les notes de bas de page pour répondre.
b. Quel clan représente chaque adversaire ?

5 Quels sont les équipements des deux chevaliers ? Cite le texte pour justifier ta réponse.

Le preux chevalier

6 Quels enseignements de Gornemant Perceval applique-t-il dans ce combat ?

7 À l'issue du combat, quelle idée Clamadeu donne-t-il à Perceval ?
☐ le faire prisonnier
☐ le tuer sans état d'âme
☐ lui rendre sa liberté

La langue et le style

8 Relis la description du combat. Quels mots renvoient à la violence du duel ? Classe-les dans le tableau suivant leur catégorie grammaticale.

Verbes	Adjectifs	Substantifs	Adverbes	Groupes prépositionnels

9 Dans la première partie du dialogue, quelles sont les modalités utilisées ? Que signifient-elles ?

Faire le bilan

10 En quoi cette scène constitue-t-elle une démonstration des qualités chevaleresques de Perceval ? Pour répondre, tu exploiteras tes réponses précédentes.

À toi de jouer

11 Perceval opte pour la première solution : envoyer Clamadeu au château de Beaurepaire. Décris l'accueil de Blanchefleur et des habitants du château, puis écris un dialogue entre le vaincu et la jeune fille.

Étape 3 • Observer les indices de la courtoisie

SUPPORT • Chapitres 6, 7, 10, 11, 12, 13, 14 et 15.

OBJECTIF • Identifier des comportements courtois et étudier un chevalier courtois.

As-tu bien lu ?

1 Quels sont les chapitres consacrés à Gauvain ?

2 Retrouve l'identité de ces femmes.

La châtelaine de Beaurepaire •	• La fille du seigneur de Tintagel
La Demoiselle Hideuse •	• Blanchefleur
La Demoiselle aux Petites Manches •	• La messagère du roi Pêcheur
La dame Veuve •	• La mère de Perceval

3 Donne le nom du personnage qui porte secours à ces femmes.

Les préceptes de la courtoisie*

4 Que fait Perceval au chapitre 7 pour plaire à Blanchefleur ?

5 **a.** Quelles qualités rapprochent Perceval de Gauvain : adresse – respect d'autrui – générosité – courage – tolérance – modération – honnêteté – intelligence – charité – compassion ?
b. Quels défauts empêchent Perceval d'être en permanence un chevalier courtois ? Aide-toi de la liste précédente pour répondre.

6 Le comportement de Perceval à l'égard des femmes évolue. Remplis le tableau avec les mots suivants : égoïsme – amour – indifférence – compassion – rêverie – fidélité.

	Les femmes	Comportement de Perceval
Chapitre 2	La mère	
Chapitre 3	La fille de la tente	
Chapitre 6	Blanchefleur	
Chapitre 10	La fille de la tente	
Chapitre 11	Le souvenir de Blanchefleur	
Chapitre 19	Les retrouvailles avec Blanchefleur	

Gauvain, le chevalier courtois

7 **a.** Qu'est-ce qui oppose Gauvain aux autres chevaliers d'Arthur dans le chapitre 11 ?
b. Quelle est sa méthode pour approcher Perceval ?

8 Pour quelle raison Gauvain décide-t-il de participer au tournoi au chapitre 13 ? Relève la phrase qui justifie ta réponse.

9 Quelle mésaventure permet à Gauvain de s'introduire dans le château du Roi Pêcheur ? Quelle qualité révèle-t-elle ?

10 Après la nuit passée au château du Roi Pêcheur, de quel défaut la Demoiselle Hideuse accuse-t-elle Gauvain ? Pourquoi ?

La langue et le style

11 Que signifie le mot « courtoisie » ? Cherche dans un dictionnaire l'étymologie et les différents sens du mot.

12 **a.** Relis le début du chapitre 11 : que symbolise le sang sur la neige pour Perceval ?
b. Selon toi, que peut symboliser l'épisode du faucon ?

Faire le bilan

13 Quels sont les indices de la courtoisie dans le roman ? Pour répondre, tu exploiteras tes réponses aux questions précédentes.

À toi de jouer

14 **Pour les filles :** tu es la Demoiselle aux Petites Manches et tu fais le portrait de Gauvain dans une lettre. Tu raconteras votre rencontre, ses exploits chevaleresques, et tu dresseras le portrait physique et moral du chevalier.
Pour les garçons : tu es Gauvain et tu fais le portrait de la Demoiselle aux Petites Manches dans une lettre. Tu raconteras votre rencontre et tu dresseras un portrait moral et physique qui tienne compte des canons de la beauté féminine de l'époque (blondeur, blancheur de peau, lèvres vermeilles).

Étape 4 • Analyser une scène mythique

SUPPORT • Chapitre 8.

OBJECTIF • Savoir identifier des éléments merveilleux et comprendre l'origine du mythe du Graal.

As-tu bien lu ?

1 Au début du chapitre, quel personnage Perceval recherche-t-il ?

2 Qui indique à Perceval un endroit où loger pour la nuit ?
☐ Gauvain ☐ un pêcheur ☐ un paysan

3 Que donne le seigneur du château à Perceval ?
☐ un morceau de pain ☐ une épée ☐ une épouse

Le merveilleux

4 Quels sont les événements surprenants dans ce chapitre ? Barre les mentions inutiles.
- Il n'y a pas de pont pour traverser la rivière.
- Le seigneur du château est arrivé chez lui avant Perceval.
- Le seigneur offre à Perceval une splendide épée.
- Un jeune homme traverse une salle avec une lance qui saigne.
- Le seigneur du château est couché parce qu'il est blessé.
- Une jeune fille traverse une salle avec un graal qui illumine la pièce.
- Le lendemain, le château est vide.

5 Lesquels de ces événements ne peuvent recevoir aucune explication ? Justifie.

6 Qu'est-ce qui fait du château un lieu étrange ?

7 Quels sont les éléments de magnificence ?

Le mystère de la procession du Graal

8 Qu'est-ce qu'un graal ? Quels sont les matériaux utilisés pour celui du texte ?

9 Qu'est-ce qui brille le plus dans la salle ? Cite une phrase du texte.

10 Combien de fois Perceval voit-il le Graal traverser la pièce ? Pourquoi ne pose-t-il aucune question ?

11 Pour quelles raisons le narrateur regrette-t-il le silence de Perceval ? Lis le chapitre 9 pour répondre.

12 Quelles explications Gauvain puis Perceval obtiendront-ils plus tard ?

a. Sur la lance qui saigne :

☐ elle a tué Lancelot ☐ elle a blessé le Roi Pêcheur

☐ elle a tué le Christ

b. Sur le Graal :

☐ il a recueilli le sang du Christ ☐ il est le trésor du roi Arthur

☐ il contient l'hostie, seule nourriture du Roi Pêcheur

13 Pourquoi, malgré les explications, ce passage demeure-t-il énigmatique ?

La langue et le style

14 Dans la description de la salle et du repas, relève les mots appartenant au champ lexical de la beauté et de l'émerveillement.

Champ lexical de la beauté	Champ lexical de l'émerveillement

15 Relève les figures de style permettant d'indiquer le caractère stupéfiant et magnifique de la scène : une comparaison ; un comparatif de supériorité ; une hyperbole.

16 Quel est le sens médiéval du mot « merveilleux » ?

Faire le bilan

17 En quoi cette scène confère-t-elle au récit un caractère mythique ? Pour répondre, tu montreras qu'en dépit de possibles interprétations, beaucoup d'éléments soulèvent toujours des questions.

À toi de jouer

18 Le lendemain matin, Perceval rencontre un écuyer qu'il questionne sur l'étrange procession. Imagine un dialogue où l'écuyer lui donne son interprétation personnelle de la lance qui saigne et du Graal.

Étape 5 • Identifier la dimension spirituelle du roman

SUPPORT • Chapitre 16.

OBJECTIF • Identifier les références à la religion chrétienne et comprendre la dimension spirituelle de la quête de Perceval.

As-tu bien lu ?

1 Sur quel personnage ce chapitre est-il centré ?

2 Combien de chevaliers Perceval a-t-il envoyé à la cour d'Arthur en cinq ans ?
☐ dix ☐ quarante ☐ soixante

3 Qu'a recherché Perceval pendant les cinq dernières années ?
☐ le château du Roi Pêcheur ☐ sa mère ☐ Blanchefleur

4 Qui Perceval a-t-il oublié pendant toutes ces années ?

La rencontre de l'ermite

5 Retrouve les noms des éducateurs de Perceval.
– Il enseigne à Perceval les rudiments de la chevalerie : ....
– Elle enseigne l'amour à Perceval : ....
– Il apprend à Perceval à se recueillir et à prier Dieu : ....

6 Comment l'ermite explique-t-il le silence de Perceval lors de la procession du Graal ?

7 Quel est le lien de parenté entre l'ermite et Perceval ?

8 **a.** De quelle vérité l'ermite est-il le détenteur ?
b. Quel élément extraordinaire demeure inexplicable ?

La quête spirituelle

9 **a.** Arrivé à l'ermitage, que fait Perceval ? Décris son comportement.
b. Comment pourrais-tu qualifier son attitude ? Choisis parmi l'une de ces propositions : arrogance – humilité – dédain – détachement – indifférence.

10 **a.** Quelles fautes Perceval confesse-t-il ?
b. Quelles sont les recommandations de l'ermite ?
c. Perceval est-il déterminé à les appliquer ?

11 Quelle est la pénitence de Perceval ?

12 Précise les étapes qui préparent Perceval à l'initiation religieuse.

13 Compare les émotions de Perceval au début et à la fin du chapitre. Choisis dans la liste les mots qui conviennent : indifférence – désespoir – regret – culpabilité – plénitude – bonheur.

La langue et le style

14 Relis le dialogue entre les pénitents et Perceval. En quoi cette scène rappelle-t-elle le chapitre 1, où Perceval découvre les chevaliers ?

15 Relève les verbes exprimant les conseils de l'ermite. Quel est leur mode ?

16 Relève quatre mots appartenant au champ lexical du repentir et donne leur classe grammaticale.

Faire le bilan

17 En t'appuyant sur toutes tes réponses aux questions précédentes, explique l'évolution de Perceval en complétant le texte à trous.

Perceval ou le Conte du Graal est un récit initiatique où un jeune homme naïf devient progressivement un .... Il reçoit d'abord une initiation au métier des armes et à la chevalerie auprès de ...., puis il est initié à l'.............. auprès de Blanchefleur. Il apprend progressivement à être .... et charitable mais il finit par oublier ...., aveuglé par son désir de percer le mystère du .... et attiré par les .... chevaleresques. La rencontre de .... l'incite à rejoindre un ...., qui l'initie à la religion et l'absout de ses ....

À toi de jouer

18 Après avoir rencontré l'ermite, Perceval décide de devenir lui-même ermite. Il rejoint Arthur et lui explique sa décision : raconte l'entrevue. Dans le dialogue, Perceval exposera ses nouvelles convictions religieuses et Arthur, ses regrets de voir partir son meilleur chevalier.

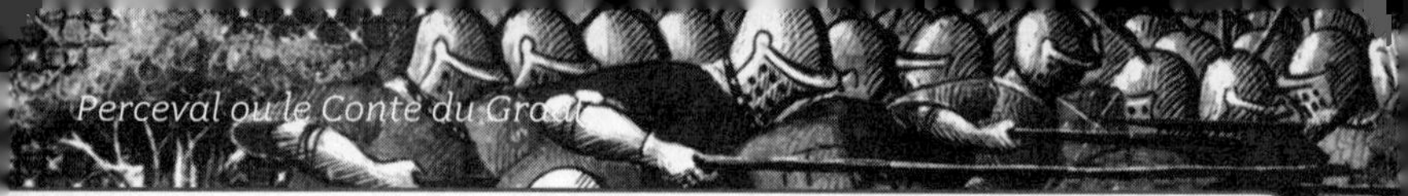

Étape 6 • Étudier la structure d'un roman d'apprentissage

SUPPORT • Tout le roman.

OBJECTIF • Retrouver les grandes étapes de l'éducation chevaleresque, amoureuse et religieuse de Perceval.

As-tu bien lu ?

1 Quels sont les deux héros du roman ?

2 Résume les actions de chacun des chapitres du roman.

3 Quels sont les chapitres consacrés à Gauvain ?

Le parcours orienté de Perceval et les détours de Gauvain

4 Qu'est-ce qui caractérise la trajectoire de Perceval : la ligne ou le méandre ? Justifie ta réponse.

5 Qu'est-ce qui détourne sans cesse Gauvain de son objectif ? Relie les propositions qui vont ensemble.

Il s'engage à aller défendre la demoiselle de Montesclaire mais ...•	•... il est retardé par le tournoi de Tintagel.
Il doit aller se défendre au château d'Escavalon mais ....•	•... l'accusation de Guingambrésil l'oblige à renoncer pour aller défendre son honneur.
Il est accueilli à Escavalon, sans le savoir, par le roi et ....•	•... il ne peut pas combattre dans un lieu où on lui a accordé l'hospitalité.

Les rapprochements et les échos

6 **a.** À quel moment les deux héros se rencontrent-ils ?
b. Quels sont leurs points communs ?

7 Quel objet recherchent-ils ?
☐ une épée ☐ la lance qui saigne ☐ le Graal

8 **a.** Selon toi, à quoi sert l'épisode où Gauvain se rend au château du Graal ?
b. Que nous apprend cet épisode sur le personnage ?

Les effets de retardement

9 **a.** Dans l'épisode des gouttes de sang sur la neige (chap. 11), qu'est-ce qui retarde la rencontre de Perceval et d'Arthur ?
b. Quelle est l'utilité de ces actions ?

10 **a.** Perceval quitte Blanchefleur mais lui promet de revenir quand il aura retrouvé sa mère. Tient-il sa promesse ? À quel moment de l'action ?
b. Qu'a appris Perceval entre-temps ?
☐ à être plus humble et plus charitable ☐ à éprouver de la compassion
☐ à se battre contre des chevaliers ☐ à ne pas oublier Dieu

La langue et le style

11 Plusieurs points de vue coexistent dans le texte. Trouve, dans le chapitre 11, des passages illustrant les points de vue suivants :
– celui du narrateur : ....
– celui des hommes d'Arthur : ....
– celui de Perceval : ....

Faire le bilan

12 Pourquoi peut-on dire que la structure narrative de *Perceval* est complexe ? Pour répondre, tu t'appuieras sur l'entrelacement des deux intrigues, sur les jeux d'échos et sur les effets de retardement.

À toi de jouer

13 Raconte en une page l'histoire de Gauvain au château de Tintagel. Tu respecteras les cinq étapes du schéma narratif : situation initiale, élément perturbateur, péripéties, élément de résolution et situation finale. Tu devras te concentrer sur l'action suivante : Gauvain aide la Demoiselle aux Petites Manches à obtenir justice.

Étape 7 • Exploiter les éléments de l'enquête

SUPPORT • Tout le roman et l'enquête.

OBJECTIF • Savoir reconnaître les caractéristiques d'un château fort.

As-tu bien lu ?

1 Où Perceval a-t-il grandi ?
☐ à la ville ☐ à la campagne ☐ dans la forêt

2 Où doit-il se rendre pour devenir chevalier ?
☐ au château ☐ à l'église ☐ à la ferme

3 Lis l'enquête sur l'architecture : quels sont les bâtiments qu'on ne trouve pas dans *Perceval* ?

4 Pourquoi Perceval se nomme-t-il « Perceval le Gallois » ?

Espace social et espace sauvage

5 Quels sont les lieux de l'action ? Dessine un tableau sur le modèle de celui qui suit, puis complète-le avec les mots suivants : forêt – château – tente – ermitage.

Chapitres	Lieux
1	
2	
3	
4	
5	
...	

6 Classe ces lieux selon qu'ils appartiennent à l'espace social ou à l'espace sauvage.

7 Où l'action commence-t-elle ? Où se termine-t-elle ? Que peut-on en déduire sur le parcours du personnage ?

Les châteaux forts

8 Quels sont les châteaux du *Conte du Graal* ? Fais la liste.

9 Relis le début du chapitre 5, puis l'enquête (p. 168). Le château de Gornemant est-il conforme au château médiéval ?

10 « [...] le roi séjourne à Carduel [...]. S'il n'y est plus, tu trouveras bien quelqu'un pour te renseigner » (chap. 1, p. 17, l. 116). À quel usage de la cour le chevalier fait-il allusion ?

11 Compare les châteaux de Beaurepaire et d'Escavalon, en complétant les phrases avec les mots suivants : Blanchefleur – dévasté – prospère – libéré – pris au piège – maire.
– Le château de Beaurepaire est .... par le siège alors que celui d'Escavalon est ....
– Le château de Beaurepaire est .... par Perceval alors que Gauvain est .... dans la tour d'Escavalon.
– .... règne sur son château alors qu'Escavalon est davantage dirigé par son .... que par son roi.

12 D'où vient le nom de Partinal ? Relis le début du chapitre 17 pour répondre.

13 Quels sont les matériaux évoqués ?
☐ pierre grise ☐ pierres de grès ☐ briques et torchis

La langue et le style

14 D'où vient l'expression « dresser la table » ? Relis le chapitre 6 pour répondre.

15 Quel est le sens du mot « château » au Moyen Âge ? Pour répondre, tu pourras t'aider des notes de bas de page du chapitre 6.

Faire le bilan

16 Quel type de bâtiment médiéval apparaît dans *Perceval ou le Conte du Graal* ?

17 Pourquoi peut-on dire que Chrétien de Troyes est particulièrement sensible à l'architecture de son époque ?

À toi de jouer

18 Relis la description du château du Graal, puis dessine-le.

Le mythe du Graal : groupement de documents

OBJECTIF • Comparer plusieurs documents sur le Graal.

L'inachèvement du roman de Chrétien de Troyes et le mystère associé au Graal ont permis aux écrivains de poursuivre librement le récit arthurien. L'étrange objet n'a en effet jamais cessé de susciter l'intérêt.

DOCUMENT 1 ROBERT DE BORON, *Merlin* (fin du XIIe siècle), traduction Alexandre Micha, Garnier Flammarion.

Merlin *est l'une des continuations du roman de Chrétien de Troyes. Ce texte du XIIIe siècle relate l'histoire du Graal depuis la mort du Christ jusqu'à l'arrivée de Merlin. Un jour, Merlin, conseiller d'Uterpendragon, le nouveau roi de Grande-Bretagne et futur père d'Arthur, lui expose un projet.*

Sire, dit Merlin, vous savez, et sans l'ombre d'un doute, que je connais le passé, ce don me vient de ma nature diabolique[1], mais Notre-Seigneur dans sa toute-puissance m'a donné la faculté de connaître aussi l'avenir et grâce à ce pouvoir souverain les diables m'ont perdu, car, s'il plaît à Dieu, je ne serai jamais soumis à leur volonté. Vous savez à présent l'origine de ma science. Je vous dirai encore ce que Notre-Seigneur veut nous révéler. Quand vous le saurez, veillez à vous comporter selon sa volonté. Sire, vous devez croire que Notre-Seigneur est venu sur la terre pour sauver l'humanité, qu'il était assis à la table de la Cène quand il dit à ses apôtres que l'un deux le trahirait. C'est ce qui arriva en effet et l'auteur de ce forfait quitta la compagnie, comme il l'avait prédit. Ensuite Notre-Seigneur souffrit la mort ; un chevalier[2] demanda son corps et le détacha de l'instrument du supplice, on le lui accorda en récompense de ses services. Notre-Seigneur prit en affection ce soldat désireux de recevoir son corps, mais qui eut par

1. Selon Robert de Boron, Merlin aurait pour père le diable et pour mère une vierge.
2. Il s'agit de Joseph d'Arimathie (voir p. 141).

la suite à endurer maints tourments et maintes craintes de la part des Juifs. Longtemps après la résurrection de Notre-Seigneur et après qu'on eut vengé sa mort[3], il arriva que ce soldat se trouvait en un désert avec nombre de gens et une grande partie de son lignage. Survint une grande famine et ils se plaignirent à ce chevalier qui était leur guide. Il supplia Notre-Seigneur de lui envoyer un signe indiquant pourquoi il leur imposait une telle souffrance : Notre-Seigneur lui ordonna de construire une table, réplique de celle de la Cène et d'y déposer un vase qu'il possédait, après l'avoir recouverte d'une nappe blanche et de recouvrir de même le vase, sauf de son côté. Ce vase que lui avait donné Jésus-Christ lui permit de séparer les bons des méchants. Qui aujourd'hui encore a le privilège de s'asseoir à cette table voit comblés tous ses désirs. Il y a à cette table une place vide qui marque l'endroit où Judas était assis à la Cène, lorsqu'il comprit que Notre-Seigneur faisait allusion à lui ; il quitta alors la compagnie de Jésus-Christ et sa place resta vide jusqu'à ce que Notre-Seigneur et les apôtres en choisissent un autre[4] pour l'occuper et refaire le nombre de douze. La place vide à la table de Joseph représentait celle de la Cène. Les deux tables furent ainsi établies en parfaite analogie et Notre-Seigneur combla de grâce celui qui s'assiérait à la nouvelle table. Les gens appelaient « graal » le vase qui était sous leurs yeux et dont ils recevaient la grâce.

Si vous m'en croyez, nous établirons la troisième table de la Trinité, puisque la Trinité est représentée par le chiffre trois ; cette institution sera, je vous le promets, la source de grands biens et de grands honneurs pour votre âme et votre corps et par elle se produiront de votre vivant d'extraordinaires prodiges.

3. Mort vengée par le siège et la destruction de Jérusalem en 70, relatés par de nombreux écrits en vers et en prose, intitulés *La Vengeance de Notre-Seigneur*.

4. Selon la légende, ce nouvel apôtre est Matthias.

DOCUMENT 2 RICHARD WAGNER, *Parsifal* (opéra en trois actes, 1882), traduction J.-A. Delpit, Chamuel, 1896.

S'inspirant du texte de Chrétien de Troyes et du Parzival *de Wolfram von Eschenbach, Wagner réoriente le mythe du Graal en faisant de Perceval un « innocent au cœur pur » destiné à régénérer le christianisme. La dernière scène présente les funérailles de Titurel, père d'Amfortas. Prêtre-roi du château du Graal, Amfortas a été blessé par la sainte lance pour avoir commis le péché de la chair. Les chevaliers demandent à Amfortas d'accomplir les rites du Graal pour son père mais le roi refuse et, ne supportant plus la douleur causée par sa plaie, demande qu'on l'achève. Alors, Parsifal touche le roi avec la pointe de sa lance et le guérit.*

LES CHEVALIERS (*se pressent les uns les autres auprès d'Amfortas.*)

Découvrez le tabernacle[1] ! – Officie ! Ton père t'y invite. – Il le faut ! Il le faut !

AMFORTAS (*se dressant de rage et de désespoir et se précipitant au milieu des chevaliers qui reculent d'effroi.*)

Non ! – Jamais plus ! – Ha ! – Déjà je sens la mort qui m'enveloppe, – et je devrais revivre une fois encore[2] ! Ô insensés ! Qui de vous veut me contraindre à la vie ? Ne pouvez-vous enfin me donner la mort ? (*Il arrache sa cotte.*)
Me voici ! – Et voici ma blessure béante ! Oh ! ce qui m'empoisonne, c'est de voir en ce lieu se répandre mon sang. Tirez vos glaives et plongez-les dans mon sein profondément – profondément, jusqu'à la garde ! Levez-vous, héros ! Achevez le pécheur ainsi que ses tortures, et alors le Graal resplendira de lui-même pour vous.

1. **Tabernacle** : petite armoire placée sur l'autel d'une église où sont conservées les hosties.
2. Amfortas est obligé, contre son désir, de faire l'exposition rituelle du Saint Graal qui réveille en lui la douleur causée par la lance.

(Tous, effrayés, se sont écartés de lui. Amfortas seul est debout en une indicible extase. Parsifal, accompagné de Gurnemanz[3] *et de Kundry*[4]*, est apparu sans être remarqué parmi les chevaliers. Maintenant il s'avance et étend sa lance avec la pointe de laquelle il touche le flanc d'Amfortas.)*

PARSIFAL

Il n'est qu'une arme qui soit bonne : – seule fermera la blessure la lance qui l'ouvrit.
(Le visage d'Amfortas s'illumine d'un saint ravissement ; il semble défaillir sous le coup d'une vive émotion. Gurnemanz le soutient.)

PARSIFAL

Sois sauvé, racheté, pardonné ! Car je remplirai désormais ton office ! Que bénie soit ta souffrance, qui donna à l'insensé timide le suprême courage de la miséricorde et la puissance de la divine foi ! La Sainte Lance – je vous la rapporte[5] !

(Tous dirigent d'extatiques regards vers la lance que Parsifal tient levée, et dont il contemple la pointe, en prononçant ces paroles :)
Ô sublime félicité d'un splendide miracle ! – De cette lance qui devait fermer ta blessure, je vois couler le sang divin ; je la vois aspirer elle-même à la source parente de la coupe du Graal ! Jamais plus le calice ne sera renfermé dans sa châsse[6] ! Découvrez le Graal ! Ouvrez le tabernacle !

(Les pages ouvrent le tabernacle. Parsifal en sort le Graal et s'abîme, en priant, dans sa contemplation. Le Graal rayonne et les nimbe tous d'une glorieuse auréole. – Titurel, un instant ressuscité, se dresse dans son cercueil et les bénit. – De la coupole descend une colombe qui vient planer au-dessus

3. Gurnemanz : doyen des chevaliers du Graal.
4. Kundry : séductrice, tiraillée entre le désir de faire le mal et la volonté de se repentir.
5. En effet, Amfortas a perdu la Sainte Lance après avoir succombé aux charmes d'une femme.
6. Châsse : coffre où sont conservées les reliques d'un saint.

de la tête de Parsifal. Celui-ci incline doucement le Graal devant les chevaliers en extase. Kundry, les yeux fixés sur Parsifal, tombe inanimée à ses pieds. Amfortas et Gurnemanz, à genoux, rendent hommage au héros.)

TOUS *(tandis que quelques voix, à peine perceptibles, des cîmes et à mi-hauteur de la coupole, se mêlent aux leurs.)*

Voilà le miracle du suprême salut :
Rédemption au Rédempteur !
(Le rideau tombe.)

DOCUMENT 3 WILLIAM MORRIS, *Galahad, Bors et Perceval découvrent le Graal* (vers 1891), tapisserie (2,53 m × 6,28 m).

Artiste multiple, William Morris (1834-1896) s'est illustré aussi bien dans les arts décoratifs (réalisation de vitraux, textiles, tapisseries...) qu'en littérature puisqu'il a écrit des sagas islandaises et traduit des textes de l'Antiquité et du Moyen Âge. Comme beaucoup d'artistes préraphaélites, William Morris aimait les primitifs italiens et l'art médiéval, ce qu'illustre cette tapisserie. Il s'est probablement inspiré de l'une des continuations du texte de Chrétien de Troyes pour illustrer cette scène : on voit Galahad, vainqueur de la quête du saint Graal (d'après la légende, il est le seul à pouvoir regarder dans la coupe), accompagné de Bors et de Perceval.

As-tu bien lu ?

1 Dans le document 1, quel est le personnage qui parle ?
- ☐ Perceval
- ☐ Merlin
- ☐ Uterpendragon

2 Dans le document 2, qui sont les personnages suivants ? Relie les propositions qui vont ensemble.

Amfortas •	• le doyen des chevaliers du Graal
Parsifal •	• le chevalier pur et innocent qui sauve le Roi Pêcheur
Gurnemanz •	• le roi Pêcheur du château du Graal

3 Dans le document 1, que propose Merlin à Uterpendragon ?
- ☐ établir la troisième table de la Trinité
- ☐ sauver le château du Graal
- ☐ trouver un jeune homme pur et innocent pour sauver le Roi Pêcheur

4 Quel acte miraculeux Parsifal accomplit-il dans le document 2 ?

Le « saint » Graal (documents 1 et 2)

5 Quels sont les mots qui désignent le Graal dans les documents 1 et 2 ?

6 Relève le champ lexical du sacré dans le document 2.

7 Dans le document 2, que se produit-il lorsque le tabernacle est ouvert et que Parsifal en sort le Graal ?
- ☐ une éblouissante clarté
- ☐ un terrible coup de tonnerre
- ☐ Amfortas meurt subitement

8 Complète le texte suivant pour comprendre le caractère sacré du Graal.

D'après ...., le Graal serait le vase donné par .... à Joseph d'Arimathie. Posé sur une .... et recouvert d'une nappe blanche, il permet de séparer les bons des méchants. Celui qui s'assoit autour de cette table voit tous ses .... exaucés. Pour ...., le Graal est un objet saint, conservé dans un .... Il rayonne et redonne jeunesse, force et vie aux chevaliers.

9 Pour quelles raisons « Notre-Seigneur » ordonne-t-il à Joseph d'Arimathie de construire une table, réplique de celle de la Cène ?

10 Remets les phrases dans le bon ordre pour reconstituer la scène où Parsifal guérit Amfortas.

a. Les pages ouvrent le tabernacle et Parsifal sort le Graal.
b. Amfortas s'illumine et guérit.
c. Parsifal touche de sa lance le flanc du roi.
d. Parsifal apparaît avec la Sainte Lance.
e. Amfortas demande aux chevaliers de le tuer.
f. Titurel est ressuscité, une colombe descend du ciel sur Parsifal, les chevaliers sont en extase.

Lire l'image (document 3)

11 Quelle scène l'image représente-t-elle ?

12 Qui sont les gardiens du Graal ?

☐ des chevaliers
☐ des anges
☐ des fées

13 Quel est le personnage sur le seuil de la porte ? Justifie ta réponse.

14 Qu'est-ce qui ancre cette image dans la réalité ? Quels en sont les éléments surnaturels ?

Éléments de la réalité	Éléments surnaturels

15 Observe la composition de l'image. Quels sens peux-tu donner aux éléments suivants ?

– La mer indique	•	• un lieu dangereux et mystérieux.
– La forêt symbolise	•	• un lieu isolé du monde.
– Les anges debout marquent	•	• l'élu ayant accès à un espace sacré.
– Les anges sont agenouillés pour	•	• l'entrée dans un espace sacré.
– Le chevalier au seuil de la porte est	•	• vénérer le Graal.

16 Quels rapprochements peux-tu faire entre cette représentation du Graal et celle des textes des documents 1 et 2 ?

Image	Document 1	Document 2

À toi de jouer

17 Comme Perceval, tu assistes à la procession du Graal. En t'inspirant des documents précédents, donne ta propre description du Graal.

18 Tu es un chevalier et tu poses des questions à Merlin sur l'origine de la lance qui saigne. Imagine votre dialogue. Tu devras t'inspirer des textes que tu connais et tu pourras faire des recherches sur les interprétations possibles de cette lance.

Le Moyen Âge est souvent associé à deux types d'architecture : les châteaux forts et les cathédrales. Toujours observables aujourd'hui, ces deux formes architecturales sont emblématiques du génie des maîtres d'œuvre médiévaux, qui ont su faire évoluer les bâtiments suivant les besoins de la société et construire des édifices complexes et durables.

L'architecture au Moyen Âge

L'ENQUÊTE EN 5 ÉTAPES

1 Qui sont les bâtisseurs ?

Si, dans les campagnes, les familles paysannes bâtissent elles-mêmes leur maison, plusieurs corps de métiers liés au bâtiment existent au Moyen Âge. Ils se retrouvent sur de gros chantiers : la construction des châteaux, des cathédrales, des villes. Ils sont dirigés par un maître d'œuvre, architecte aux multiples talents.

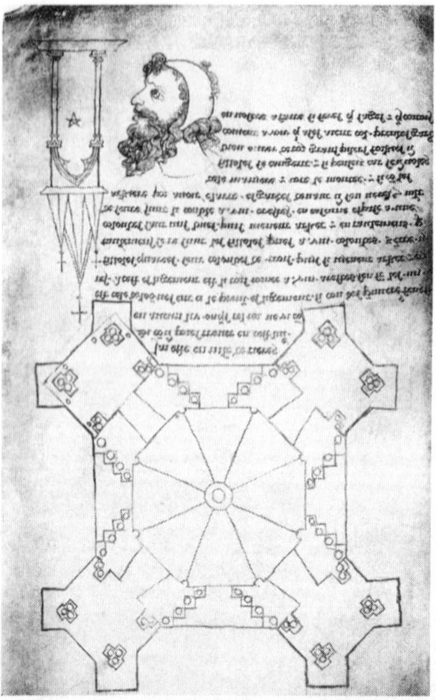

Plan des tours de la cathédrale de Laon. Dessin à la plume du XIIIe siècle extrait des « carnets » de Villard de Honnecourt. BNF, Paris.

• LE MAÎTRE D'ŒUVRE

Les premiers architectes sont des « maîtres d'œuvre » : ils conçoivent et contrôlent la réalisation de l'ouvrage commandé et financé par le « maître d'ouvrage ». Le maître d'œuvre est un artiste, un savant et un spécialiste des questions techniques. Il choisit les matériaux, élabore les devis et les plans, et recrute les artisans. Il doit aussi mettre au point les engins nécessaires à l'équipement du chantier.

1. Verriers : artisans qui fabriquent les vitraux ; **carriers** : ouvriers qui extraient les pierres dans les carrières.

Les « carnets » de Villard de Honnecourt

Villard de Honnecourt est un maître d'œuvre et un dessinateur du XIIIe siècle dont on a conservé les carnets. Ses notes et ses croquis constituent une documentation très précieuse sur les techniques de construction de l'époque.

Les tâcherons

Une marque de tâcheron[2] est un signe géométrique ou un monogramme[3] gravé dans la pierre. Elle représente la signature du tailleur de pierre. Chaque pierre taillée était marquée car le tailleur recevait son salaire en fonction du nombre de pierres travaillées.

• LES ARTISANS

Sur le chantier se côtoient divers corps de métiers : sculpteurs, tailleurs de pierre, dessinateurs, charpentiers, menuisiers, couvreurs, forgerons, maçons, verriers, carriers[1]. Le chantier d'une cathédrale peut durer plusieurs années, ce qui explique que la plupart de ces ouvriers spécialisés soient itinérants.

Construction de la ville de Rome. Miniature du XVe siècle extraite de Romuleon. Rome, *de Benevenutus de Rambaldis. BNF, Paris.*

2. Tâcheron : ouvrier du bâtiment travaillant à la *tâche*.

3. Monogramme : chiffre composé des lettres ou des principales lettres

2 Que construit-on ?

Au Moyen Âge, on construit beaucoup : des châteaux pour se protéger, des ponts et des routes pour faciliter les échanges commerciaux, des maisons à encorbellement pour gagner de la place dans les villes, de magnifiques édifices religieux pour rendre grâce à Dieu.

• DES CHÂTEAUX

Dès le IXᵉ siècle des châteaux forts sont construits pour se protéger contre les invasions (Vikings, Sarrazins). D'abord constitués de hautes tours de bois cernées de palissades, ils sont ensuite bâtis sur des hauteurs naturelles (éperons rocheux, collines) ou artificielles (buttes ou mottes castrales[1] d'une hauteur de 10 m environ). Au Xᵉ siècle, les châteaux se multiplient et leur architecture se perfectionne : la motte castrale est défendue par un fossé, et une enceinte protège le donjon (tour défensive, parfois résidentielle).

À partir du XIIᵉ siècle, le château est construit en pierre pour résister aux incendies. Les enceintes deviennent des murs crénelés agrémentés de tours circulaires plus hautes, de meurtrières[2], d'une herse[3], d'un pont-levis et de puissantes portes. Sur les murs de l'enceinte, à l'intérieur, s'adossent le logis seigneurial et les bâtiments de service. Au centre de ce dispositif défensif, le donjon sert d'ultime lieu de repli. Parallèlement à ces châteaux forts surplombant

Le solier

À l'origine, le solier, vaste et unique salle du château, sert à tous les usages : on y dort, on y mange, on y reçoit. Le mobilier se limite à un grand lit (où l'on couchait à plusieurs), à quelques coffres et tabourets, aux planches et tréteaux qui formeront la table (d'où l'expression « mettre la table ») que l'on monte et démonte à chaque repas.

1. **Castrales :** du latin *castra*, qui désigne les fortifications romaines.
2. **Meurtrières :** étroites ouvertures verticales dans un mur de fortification. Elles servent à jeter des projectiles ou à tirer sur les assaillants
3. **Herse :** grille de fer ou de bois se terminant par des pointes. Voir lexique p. 182

l'horizon, il existe aussi des châteaux de plaine, protégés par des douves[4], et dont l'accès se fait également par un pont-levis.

● DES VILLES

À partir du XIe siècle, des faubourgs marchands se créent à proximité des vieilles cités ou des sites fortifiés. Ils assurent l'essor des villes : très vite, une enceinte réunit les deux noyaux urbains en une seule unité.

Les rues des villes sont très animées. Nombre de marchands interpellent le passant, lui proposant de se désaltérer, de manger, d'acheter des bijoux, des objets. Il y a aussi les bateleurs qui amusent la foule : jongleurs, montreurs d'ours, acrobates et prestidigitateurs.

Chantiers à Saint-Denis (Ville) pour la construction de 12 églises en l'honneur des 12 apôtres. Miniature du XVe siècle extraite de la Vie du Très Noble Comte Gérard de Roussillon*, 1448. Osterreichische Bibliothek, Vienne.*

4. Douves : fossés remplis d'eau.

Dans les villes, beaucoup de maisons sont à pans de bois. On utilise des poutres pour la charpente et la structure. Leurs façades sont généralement peintes de couleurs vives comme le rouge. Les éléments en relief sont soulignés de bleu ou d'or pour les maisons les plus riches. Pour obstruer les ouvertures, on utilise des parchemins huilés ou des toiles de lin enduites de résine. Et, en guise de volets, de simples planches de bois sont fixées à l'intérieur des maisons.

Lisieux, 1888. Photographie d'Alfred Nicolas Normand.

Tenir le haut du pavé

Au Moyen Âge, les rues sont aménagées en double pente afin de permettre au milieu l'écoulement de l'eau de pluie et des eaux usées (sans compter tous les déchets que les gens jettent par la fenêtre). Des porcs en liberté nettoient les rues en mangeant tout ce qu'ils trouvent, mais le promeneur risque à tout moment de se prendre un seau d'eau sale sur la tête ! C'est pourquoi on laissait les notables longer les murs afin d'éviter ce désagrément : ils tenaient donc « le haut du pavé ».

La place de l'église

La vie de quartier s'organise autour de l'église. Sur le parvis, place située devant l'église, se tiennent les réunions publiques, les marchés, les fêtes et les banquets. On peut aussi y trouver des « piloris » où sont exposés, tête et mains entravées, les criminels.

Les encorbellements

Les façades des maisons à pans de bois ne sont pas verticales comme aujourd'hui : elles sont à « encorbellement », c'est-à-dire que les étages supérieurs s'avancent sur la rue, parfois d'un mètre. Cela présente le double avantage d'agrandir les étages et de protéger les rues de la pluie.

• DES ÉDIFICES RELIGIEUX

Au Moyen Âge, la religion et l'État sont indissociables. L'Église est omniprésente dans la vie des gens. Tous sont soucieux du salut de leur âme et la foi est ardente. Les plus riches font des offrandes pour construire des églises et les plus pauvres partent en pèlerinages. Les premiers édifices chrétiens sont des églises paroissiales et des monastères où les moines vivent à l'écart du monde. Ensuite, de multiples cathédrales voient le jour. Avec l'affirmation du pouvoir religieux, elles deviennent de plus en plus nombreuses au centre des villes. Elles ont des dimensions impressionnantes et leur construction dure des années.

Des maisons colorées

Si certaines maisons à pans de bois ont conservé leur façade jusqu'à aujourd'hui, des types d'habitat ont totalement disparu. Mais l'archéologie et l'iconographie permettent d'en reconstituer certains. Ainsi, la tapisserie de Bayeux (vers 1077) présente un type de logis que l'on trouve essentiellement au nord de la Seine dans la seconde moitié du XIe siècle : une maison de bois très longue aux murs incurvés et à la toiture bombée. La toiture est en bardeaux de bois peints ou en tuiles vernissées, des palmettes peintes ornent l'extrémité du faîtage[1], l'encadrement de la porte et les murs eux aussi sont peints.

1. **Bardeaux :** petites planches ; **palmettes** : ornements en bois en forme de feuilles de palmier ; **faîtage** : poutre formant l'arête du toit.

3 Comment construit-on ?

Aujourd'hui, les techniques permettent de multiplier les types et les formes de construction. Au Moyen Âge, les matériaux sont naturels (pierre, bois, paille, argile) et les moyens de construire sont plus rudimentaires.

• LES MATÉRIAUX

Pour leur habitat, les hommes utilisent des matériaux simples : bois, paille, terre. Pour les églises ou les châteaux, le bois est associé à d'autres matériaux (brique, pierre). Vers le XIIIe siècle, on note une pénurie de bois de construction. Les maisons en ville sont donc construites en pierre : cela présente le double avantage d'éviter la propagation des incendies et d'économiser le bois. Lorsqu'on ne peut pas se passer de bois (pour les charpentes notamment), on essaie de construire le plus léger possible. La pierre est aussi beaucoup utilisée.

• LES OUTILS

Plusieurs outils sont indispensables au maître d'œuvre. Tout d'abord le compas. Il en utilise un petit pour la réalisation de ses schémas et plans. Sur le chantier, il en utilise un très grand pour reporter sur les pierres, en grandeur nature, le tracé du plan de son ouvrage. Le second outil indispensable est l'équerre, qui est le gabarit de l'angle droit. L'architecte utilise aussi la règle, encore appelée *virga* ou latte à mesurer, qui permet des mesures rapides et précises. À cette époque, la mesure varie d'une région à l'autre et d'un maître d'œuvre à l'autre.

• LES TECHNIQUES

Le maître d'œuvre dessine sur parchemin[1] des modèles en réduction, qu'il reproduit à l'échelle sur les aires à tracer (en mortier de chaux ou en plâtre) ou sur les murs. Certains tracés gravés sur des murs sont restés en place. Ils révèlent les méthodes de travail, les intentions des constructeurs.

1. Parchemin : peau animale (le plus souvent de chèvre, de mouton, de veau) préparée spécialement pour l'écriture. C'est le principal support des manuscrits durant tout le Moyen Âge en Occident.

Pour soulever les poutres ou les pierres très lourdes, les constructeurs utilisent des engins de levage. Les plus puissants sont composés d'une grande roue en « cage d'écureuil » actionnée par un homme se déplaçant à l'intérieur.

Dieu architecte du monde. Miniature du XIIIe siècle. Österreichische Nationalbibliothek, Vienne.

Le parchemin

Le parchemin est un matériau très coûteux, aussi le maître d'œuvre cherche-t-il à l'économiser par tous les moyens. Ainsi, lorsqu'un élément d'édifice, comme une tour, présente une parfaite symétrie, le maître d'œuvre n'en dessine qu'une moitié. Il utilise aussi les deux faces du parchemin et ne laisse aucun espace libre.

Miniature du XIVe siècle.

4 Quels sont les styles ?

Deux grands styles caractérisent l'architecture médiévale : le style roman, qui apparaît aux alentours de l'an mille, et le style gothique, qui s'amorce dès le milieu du XIIe siècle.

● L'ART ROMAN

L'art roman naît vers la fin du Xe siècle. La toiture des églises romanes est à l'origine semblable à une coque de bateau renversée, en bois. La principale caractéristique de ce style est la voûte. En berceau plein cintre, elle ne repose que sur les murs de l'édifice, ce qui ne permet pas de grandes ouvertures (qui fragiliseraient l'ensemble). L'église romane a un plan en croix latine : un portail se trouve à son entrée, suivent le narthex, la nef, puis le transept, le chœur, entouré d'un déambulatoire, et enfin, le chevet[1]. Comme la plupart des chrétiens ne savent ni lire ni écrire, les édifices sont décorés de sculptures qui racontent des scènes de la Bible. Les chapiteaux[2], en haut des colonnes, et le tympan, au-dessus du portail, évoquent ainsi le jugement dernier, la nativité, ou d'autres scènes des livres saints.

L'art roman se développe le long des grands axes de pèlerinage vers les villes saintes (Rome, Compostelle, Rocamadour), où sont construits des sanctuaires pour accueillir des reliques de saints. À Compostelle (Espagne), par exemple, repose le corps de l'apôtre saint Jacques. Les chemins de pèlerinage vers Compostelle deviennent ainsi des voies de communication jalonnées des plus célèbres abbatiales[3] romanes (Vézelay, Poitiers, Moissac, Conques...), églises destinées à accueillir les fidèles. Le long de ces routes, des équipes itinérantes de tailleurs de pierre, de bâtisseurs, de sculpteurs propagent le style roman. Des courants stylistiques vont ainsi s'égrener mais aussi évoluer en vertu des échanges entre artisans.

1. **Narthex :** vestibule de l'église, situé juste après le portail ; **nef** : partie de l'église comprise entre le portail et le chœur ; **transept** : nef transversale qui coupe la nef principale, donnant à l'église la forme d'une croix ; **chœur** : partie de l'église située devant l'autel ; **déambulatoire** : allée qui tourne autour du chœur ; **chevet** : partie de l'église située derrière le chœur.

Les chapiteaux romans

Chapiteau de l'église romane de la Sainte-Trinité représentant deux vieillards en train de se quereller, fin XIe-début XIIe siècle. Anzy-le-Duc.

Les images des chapiteaux romans peuvent surprendre aujourd'hui. Certains sont peuplés d'étranges animaux, d'autres animés par de pittoresques personnages qui montrent leurs fesses ou urinent sur le monde. Ainsi, à Montreuil-sur-Mer (Pas-de-Calais), un personnage fiente sur la tête d'un autre. C'est une illustration de la vanité humaine.

L'ART GOTHIQUE

Vers les années 1200, les églises s'agrandissent et deviennent de puissantes cathédrales à l'architecture complexe. La voûte romane laisse la place à une voûte en croisée d'ogives : les arcs, brisés, se rejoignent en un point, la clef de voûte. Ces voûtes reposent désormais sur les colonnes et non plus sur les murs qui, n'étant plus porteurs, peuvent accueillir d'immenses verrières pour laisser entrer la lumière. Ces verrières sont ornées de vitraux[4] aux couleurs chatoyantes qui, comme les sculptures des églises romanes, rappellent aux fidèles les épisodes des Testaments. Les dimensions des cathédrales gothiques sont impressionnantes. La plus haute, Notre-Dame de Rouen, possède une flèche qui culmine à 151 m.

Le développement de l'art gothique n'est pas lié aux pèlerinages. Il est favorisé par le pouvoir politique. Le gothique est lié à l'essor des villes et à la puissance des évêques. Si les chefs-d'œuvre de l'art roman étaient monastiques, ceux de l'art gothique sont des cathédrales construites pour le peuple.

2. Chapiteau : élément élargi qui forme le sommet d'une colonne.
3. Abbatiale : église d'une *abbaye*. **4.** L'artisan verrier dessine d'abord sur un carton la scène qu'il a choisi de représenter. Puis, sur le carton, il découpe des verres de couleur qu'il assemble par des baguettes de plomb. L'encadrement du vitrail est lui aussi en plomb.

Les Bibles de verre

Le vitrail est un art lié à l'architecture gothique. Dans les églises romanes, les fenêtres étaient petites, le vitrail était clair, la verrière se composait de petits carreaux de verre. Au XIIIe siècle, le vitrail se monumentalise pour illustrer de multiples scènes de la Bible. Les rosaces de la cathédrale Notre-Dame de Paris ont un diamètre allant de 13 mètres à 18,5 mètres, et comportent jusqu'à 80 médaillons.

Construction du temple de Jérusalem par ordre de Salomon. Miniature du XVe siècle

5

Que symbolise l'architecture ?

L'art du Moyen Âge est un art symbolique : derrière les couleurs, les formes et les figures se cache un sens profond. L'architecture reflète cette conception cryptée[1] de l'art. Elle n'a pas seulement une fonction pratique et politique. Elle a aussi un sens symbolique.

• LA FORME DES ÉDIFICES RELIGIEUX

L'architecture des abbayes romanes est porteuse de sens. Ainsi, les tours de l'abbaye Notre-Dame de Jumièges (Seine-Maritime), construite au milieu du XIe siècle, présentent une succession de sections carrées et rondes. L'ultime tour, avant le ciel, est circulaire. Le carré symbolise la terre, le cercle représente le ciel. Autrement dit, l'architecture symbolise l'élévation vers le ciel.

• LE NOMBRE D'OR

Depuis l'Antiquité, on considère le nombre d'or comme un rapport de proportion idéal. Souvent noté ϕ, le nombre d'or est égal à 1,618. Les architectes médiévaux intègrent dans leurs plans des rectangles d'or (rectangles de longueur L et de largeur l, telles que $L/l = \phi$).

La pige

Les bâtisseurs de cathédrales utilisent une pige, sorte de règle constituée de cinq sections articulées, correspondant chacune à une unité de mesure de l'époque, relative au corps humain : la paume, la palme, l'empan, le pied et la coudée. Pour passer d'une mesure à l'autre, on constate qu'il suffit de multiplier par le nombre d'or.

• L'ORIENTATION DES ÉGLISES

Les églises sont toutes orientées de l'est vers l'ouest, du levant vers le couchant, conformément à une prescription remontant aux

1. ***Cryptée :*** cachée.

premiers siècles du christianisme. Le soleil levant est en effet le symbole du Christ ressuscité et de la vie. Dans une telle orientation, les points cardinaux ont leur signification. Le nord, sur la gauche de la nef, est associé aux ténèbres. Le sud, à droite, représente la lumière. Enfin, l'ouest, correspondant à l'Occident, est symbole de mort.

● L'ARCHITECTURE ET LA SCULPTURE

Ce sont souvent les sculptures qui éclairent le sens de l'architecture. L'emplacement d'une image, d'un vitrail était en effet pensé en fonction de l'ensemble de l'édifice. Ainsi, sur la façade sud de la cathédrale de Rouen, la partie centrale, au-dessus de la porte, représente la mort et la résurrection du Christ. C'est un passage entre la terre et le ciel puisque, au-dessous de cette partie centrale, Jésus est représenté délivrant son message auprès des hommes et, au-dessus, on passe au ciel où se trouve Marie, couronnée par des anges.

De la même façon, dans la cathédrale du Mans, on trouve une sculpture dont l'emplacement est

Le tympan de Sainte-Foy de Conques

Tympan du Jugement dernier. Conques, église abbatiale Sainte-Foy, XIe siècle.

Le tympan est la partie sculptée qui surmonte le portail principal d'une église. Il a pour vocation d'offrir au passant une synthèse de la doctrine chrétienne. À l'origine polychrome[2], celui de l'église abbatiale de Sainte-Foy de Conques (Aveyron) est le mieux conservé de France. Il représente le Jugement dernier. Le Christ en majesté occupe le centre de la sculpture. De sa main droite, il montre les élus qui s'en vont vers le ciel et, de la main gauche, il indique l'enfer, où les damnés figurent les vices et les péchés. La colère, par exemple, est symbolisée par un personnage dans un chaudron d'eau bouillante.

2. **Polychrome :** de plusieurs couleurs.

symbolique : un chapiteau représentant les Juifs sous la forme d'une chouette est placé au côté nord (là où le soleil ne paraît jamais), et vers l'ouest (lieu traditionnel de la mort), conformément aux croyances des sculpteurs pour qui les Juifs refusaient la lumière de Jésus, préférant vivre dans la nuit de l'ignorance.

● L'ARCHITECTURE ET LA LUMIÈRE

Dans l'Écriture sainte, la lumière est source de toute vie. Dès le début de la création, Dieu dit : « Que la lumière soit ! » L'architecture gothique, par l'ouverture de ses cloisons et l'introduction de grandes verrières colorées, va permettre de conférer à la lumière une place de choix. La basilique de Saint-Denis, rénovée par l'abbé Suger au début du XIIe siècle, est emblématique de l'importance accordée à la lumière : « [...] lumineux est le noble édifice que la nouvelle clarté envahit », écrit l'abbé. Le double déambulatoire ouvert sur les chapelles rayonnantes devient, grâce aux vitraux, une « couronne de lumière », à l'image d'un reliquaire monumental. Pour le choix des couleurs, les verriers ont soigneusement pris en compte l'emplacement des verrières. Au nord, ils utilisent plus de bleu, couleur froide, car le fidèle entre par le portail qui symbolise le monde obscur, les ténèbres. Au sud, il y a plus de jaune, car c'est le monde de la pleine lumière, du soleil de midi. Le rouge, à l'ouest, symbolise le soleil couchant, le crépuscule.

L'Arbre de Jessé

C'est l'arbre généalogique qui relie Jessé, père du roi David, à Jésus. Une grande verrière de la basilique de Saint-Denis représente cet arbre. Dans le premier registre, Jessé est couché, endormi. Un arbre sort de son corps, dont les branches grimpantes portent les prophètes et les rois ancêtres de Jésus. Dans le deuxième registre, se trouve David, puis des rois jusqu'à Jésus, tout en haut, autour duquel sept colombes figurent le Saint-Esprit.

Petit lexique littéraire

Amour courtois Idéal amoureux chanté par les poètes du Moyen Âge.

Ancien français Ensemble des langues parlées et écrites au Moyen Âge.

Chevalerie Institution féodale qui rassemble, au Moyen Âge, les combattants à cheval puis les nobles. Elle exige de ses membres courage, loyauté, protection des plus faibles, et courtoisie.

Chanson de geste Poème épique du Moyen Âge qui célèbre les exploits de personnages historiques comme Charlemagne.

Christianisation Convertir à la religion chrétienne ou rendre conforme à l'idéologie chrétienne.

Clerc Homme sachant lire et écrire.

Continuation Suite, prolongement d'un roman inachevé.

Copiste Personne chargée de recopier les livres à la main.

Courtoisie Idéologie valorisant le raffinement et la politesse.

Enluminures Ensemble des décorations peintes dans les manuscrits.

Fin'amor Idéal amoureux, défini par les troubadours, centré sur l'idéalisation de la dame. Le *fin'amant* est l'amoureux qui respecte les préceptes de cette idéologie.

Langue d'oïl / langue d'oc	Langues romanes parlées au nord (oïl) et au sud (oc) de la France.
Langues romanes	Langues issues du latin populaire utilisé pour la communication de tous les jours.
Manuscrit	Livre écrit ou copié à la main, sur du parchemin.
Matière de Bretagne	Ensemble des légendes bretonnes dont s'inspirent les écrivains pour raconter les aventures du roi Arthur et de ses chevaliers.
Mythe	Récit qui met en scène des êtres représentant symboliquement des valeurs comme le dépassement de soi. Le mythe peut aussi fournir des explications à l'ordre du monde.
Quiproquo	Situation dans laquelle on prend une personne ou une chose pour une autre.
Roman	Livre écrit en langue romane.
Troubadour	Aux XIIe et XIIIe siècles, poète de langue d'oc.
Trouvère	Aux XIIe et XIIIe siècles, poète de langue d'oïl. Chrétien de Troyes est le premier trouvère connu.
Vernaculaire (langue)	Langue parlée communément à l'intérieur d'une communauté.

Petit lexique de la chevalerie

Baudrier	Large bande de cuir ou d'étoffe portée en travers du corps pour suspendre le fourreau de l'épée.
Chapelain	Religieux attaché au service de la *chapelle* dans un château.
Duel judiciaire	Combat opposant deux chevaliers représentant deux camps en conflit.
Écu	Bouclier.
Épieu	Courte lance utilisée à la chasse.
Destrier	Cheval de bataille, rapide et fougueux.
Écuyer	Serviteur et apprenti d'un chevalier.
Gonfanon	Sorte de drapeau attaché à sa lance par le chevalier.
Hampe	Manche en bois d'une lance.
Haubert	Cotte de mailles.
Heaume	Casque.
Herse	Grille de fer ou de bois se terminant par des pointes. Suspendue par une chaîne à l'entrée du château fort, on l'abaisse pour en défendre l'accès.
Merci (n. f.)	Pitié, grâce ; *crier merci* : demander grâce ; *accorder sa merci* : accorder sa grâce.

Meurtrière	Étroite ouverture verticale dans un mur de fortification. Elle sert à jeter des projectiles ou à tirer sur les assaillants.
Palefroi	Cheval de parade, de promenade.
Pommeau	Poignée de l'épée.
Pont-levis	Pont mobile qui s'abaisse et se relève.
Preux	Homme de valeur, brave et courageux.
Reliquaire	Petit coffre précieux contenant les *reliques* (restes) d'un saint.
Sénéchal	Seigneur ayant la charge de l'intendance et des expéditions militaires.
Suzerain	Puissant seigneur qui délègue la gestion de certaines de ses terres à des vassaux, auxquels il doit protection.
Tournoi	Combat public entre deux groupes de chevaliers ou deux chevaliers seulement.
Vassal	Au Moyen Âge, seigneur qui a reçu ses terres (son fief) d'un seigneur plus puissant, en échange d'un serment de fidélité et d'obéissance.
Vavasseur	Chevalier de la petite noblesse.

À lire et à voir

● ROMANS DU MOYEN ÂGE

Chrétien de Troyes
Yvain, le Chevalier au lion
Hatier, Classiques & Cie, 2010

L'un des romans de chevalerie les plus célèbres du Moyen Âge.
Yvain est un chevalier de la Table ronde. Comme il a manqué à sa parole, Laudine, la femme qu'il aime, le repousse. Yvain se réfugie alors dans la forêt. Il sauve un lion aux prises avec un serpent et devient « le Chevalier au lion ». L'animal l'aidera désormais à combattre tous ses ennemis...

Béroul et Thomas
Tristan et Iseut
Hatier, Classiques & Cie, 2011

Le roman d'amour le plus mythique du Moyen Âge.
Tristan, au service de son oncle, le roi Marc, part chercher en Irlande la future reine de Cornouailles : Iseut la blonde. Mais, dans le bateau qui doit les ramener auprès du roi, une servante leur donne par erreur un philtre d'amour, qui les unit à tout jamais...

Le Roman de Renart
Hatier, Classiques & Cie, 2010

Recueil de récits satiriques, écrits de 1175 à 1250 par des auteurs différents.
Le *Roman* met en scène des animaux personnifiés qui pensent et agissent comme des hommes. Le héros est un goupil nommé Renart. Comme la société médiévale, la principale préoccupation des personnages est de se nourrir pour échapper à la famine.

● RÉÉCRITURES MODERNES DU MYTHE DU GRAAL

Jean Giono
Un roi sans divertissement, 1947

Réécriture très libre du texte médiéval.
D'étranges événements se déroulent en hiver dans un petit village : une jeune fille disparaît, un homme est attaqué... L'hiver suivant, un homme disparaît à nouveau. Six gendarmes, dirigés par le capitaine Langlois, arrivent alors au village pour mener l'enquête...

Jacques Roubaud
Graal-Fiction, 1978

Réécriture humoristique du mythe.
Succession d'épisodes de la légende du Graal habilement agencés dans un « Texte Original en Prose Française contenant : du *Conte*, du *Récit*, de la *Théorie*, des *Révélations inédites* », selon les mots de l'auteur. Aux commentaires érudits se mêlent donc divers épisodes de la légende, centrés surtout sur Gauvain.

● FILMS

Perceval le Gallois
Film d'Éric Rohmer, 1978

Adaptation fidèle du roman de Chrétien de Troyes avec Fabrice Lucchini dans le rôle de Perceval, Arielle Dombasle dans celui de Blanchefleur, André Dussolier dans celui de Gauvain.

Monty Python, Sacré Graal

Film de Terry Gilliam et Terry Jones, 1974

La troupe des Monty Python propose une vision parodique de la légende médiévale.

Excalibur, 1981

Film de John Boorman, inspiré du roman médiéval *La Mort d'Arthur*, de Thomas Malory.

Indiana Jones et la dernière croisade

Film de Steven Spielberg, 1989

Adaptation moderne de la quête du Graal.

● SITES SUR L'ARCHITECTURE MÉDIÉVALE ET LE GRAAL

http://graal.over-blog.net

Un site très documenté illustrant la fascination, toujours actuelle, pour le mythe du Graal.

http://www.classes.bnf.fr/villard/reperes/

Site très intéressant sur l'architecte Villard de Honnecourt.

able des illustrations

Iconographie : Hatier Illustration
Principe de maquette : Marie-Astrid Bailly-Maître & Sterenn Heudiard
Suivi éditorial : Luce Camus
Illustrations intérieures : Nathalie Ragondet
Mise en pages : Facompo

IMPRIM'VERT®
Votre imprimeur agit pour l'environnement

Achevé d'imprimer en Italie par L.E.G.O. S.p.A. - Lavis (TN)
Dépôt légal: 95919-6/02 - septembre 2013